JN025059
DATA
行商人
スパイ
コノハ
DATA
封印されし邪神
テーラ

「――カジノ行き
で、でも、最近は
スロット回さないと
手が震える
ようになって

世界最強の魔女、始めました
～私だけ『攻略サイト』を見れる世界で自由に生きます～

3

坂木持丸
ill. riritto

キャラ紹介	スキル一覧	ガチャ	掲示板	序盤の進め方

ローナ・ハーミット

SSSランクスキル【インターネット】で、この世界の攻略情報や現代知識を得られるようになった少女。

無自覚に周りに多大な影響を与えながら自由気ままな旅を楽しんでいる。

六魔司教

闇の時代の再来を願う、黄昏の邪竜教団の幹部たち。

ローナと永遠の絆を結んだズッ友。

信仰する終末竜は彼女が倒してしまったが彼らは知らない。

アリエス・ティア・ブルームーン

ギルドマスター。本業は神官で、水精を操る水竜の巫女。

信仰心は篤いがかなり俗っぽく、内に秘めるおじさんと戦っている。

ルル・ル・リエー

海底王国に住む水竜族の姫。

ローナのガチャ召喚によってダブってしまった。

大好物はつりぇーさ(釣り用の練り餌)。

ふかきモン

ローナがインターネットの知識に影響を受け生み出したご当地キャラ。名状しがたい半魚人のようなもの。

鳴き声は「ネコォオオオッ!」。猫は食べない。コアな層に大人気。

Contents　イベント攻略　マップ攻略　敵キャラ一覧　アイテム一覧

第1話 船旅を満喫してみた

——どこを見ても、海だった。
右も、左も、水平線の彼方まで広がる大海原。
その中心を、ローナを乗せた船が、穏やかな波に揺られながら進んでいた。
「ふ、ふわぁ……」
船縁から身を乗り出していたローナは、飽きることなく感嘆の吐息を漏らす。
（これが夢にまで見た……船旅！）
港町アクアスで王都行きの船に乗ったあと。
ローナはひさしぶりに穏やかな時間を過ごしていた。
（思えば、最近は……事件に巻きこまれてばっかだったしなぁ）
と、自分のこれまでの旅を思い出す。
エルフの隠れ里に行けば、毒花粉によって滅びかけており。
港町アクアスに行けば、水曜日のスタンピードによって滅びかけており。

海底王国アトランに行けば、神話の大怪物によって滅びかけており……。

さすがに、そろそろ呪われてるんじゃと思えてくるレベルだ。

なんだかんだで、そういう旅を楽しんではいるものの。

（えへへ！　やっぱり、平和が一番だね！）

と、ローナがしみじみと思っていたところで。

——ばしゃあああんッ！　と。

海が爆発したかのような水しぶきとともに、船よりも巨大な海竜のモンスターが現れた。

「うわあああっ！　伝説の大海獣シン・サーペントが出たぞぉおっ！」

「この船は、もうおしまいだぁああ——ッ！」

「ぎゃあああああッ！　ママぁあああ——ッ！」

「…………………」

いきなり平和じゃなくなった。

やっぱり、呪われているのかもしれない。

突然現れた海竜の姿に、船乗りや乗客たちが悲鳴を上げて逃げ惑う中。

ローナは遠い目をしたまま、海竜の前に立っていた。

「じょ、嬢ちゃん!?　そんなとこにいたら、危な――」

「あっ、ちょっと待っててください。すぐに倒しますので」

「……へ？」

とりあえず、このモンスターを放置しておくわけにもいかないだろう。このままでは船が沈没すること間違いなしだ。

とはいえ、このモンスターの行動パターンはすでに〝予習〟してある。

ローナはアイテムボックスから、〝女王薔薇の冠〟と〝水鏡の盾アイギス〟を取り出して。

「エンチャントウィング！」

まずは、〝女王薔薇の冠〟の効果で敵視を集めながら、光の翼を生やして空に飛び上がる。

そのまま、海竜の意識を、船から引き離し――。

「嬢ちゃん、危ない！　ブレスが来るぞ！」

「大丈夫です――リフレクション！」

魔法反射スキルを発動。

「シュルルゥッ!?」

ローナに放たれた水ブレスが跳ね返り、海竜が思いっきりのけぞった。

（うんっ！　今回もインターネットに書いてある通り♪）

ローナは、ほっと安心したように微笑むと。

あらかじめ〝最小化〟していた画面を開いて、改めて目の前にいるモンスターの情報を確認する。

■ボス／【大海獣《だいかいじゅう》シン・サーペント】
【出現場所】【リンクス海峡】
【レベル】50
【弱点】雷・刺突・頭　【耐性】水・火・地・打撃
【ドロップ】シン・サーペントの魔石（90％）、シン・サーペントの鱗（70％）、シン・サーペントの牙（30％）、【海竜鱗の鎧】（20％）、【海蛇剣シン・サーベル】（３％）
◇説明：初めて王都行きの船に乗ったときに現れるボスモンスター。
最初に戦うときは負けイベントになり、そのまま船が渦にのまれるイベントが発生する。

船から離れて水ブレスを撃ってくるため、遠距離攻撃手段は必須。また、海に潜ったときの対策に、雷属性の攻撃手段は持っておきたい。

ただし、一定距離を保ったまま魔法反射スキルを使用すれば、それだけで完封することもできる。


そこに記されているのは、神々の知識。

本来、この世界の人間には触れることさえできない、この世の真理だった。

（負けイベント？　っていうのはよくわからないけど、見た目のわりに強いモンスターじゃなさそうだね。いや、レベル50だしちょっと感覚が麻痺してる気もするけど……）

とりあえず、インターネットの情報によると。

『ある程度の距離を保っていれば、魔法スキルである水ブレスしか撃ってこない』

とのこと。

そのため、魔法反射スキルを使っているだけで、攻撃に対処することができるというわけだ。

もっとも、今のローナのステータスならば、攻撃を食らってもほとんどダメージは入らないのだが……いまだに一般人の感覚が抜けていないローナには、あまりその自覚はなかった。

（あとは、攻撃して倒すだけ！　弱点が雷、なら――）

ローナは船から充分離れたところで、杖先を海竜へと向け――。

「全力のぉ――プチサンダー！」

そう唱えた瞬間。

ばりばりばりばりばりィィイイ――ッ!!　と。

ローナの杖から、凄まじい閃光と雷鳴がほとばしった。

「「「…………へ？」」」

船にいた人々が呆然とする中、雷は一瞬で海竜をのみこみ、そして――。

『大海獣シン・サーペントを倒した！　ＥＸＰを８８４４獲得！』

『LEVEL　UP！　Lv67→68』

『称号：【大海獣を討滅せし者】を獲得しました！』


ローナの視界に討伐を知らせるメッセージが表示されるとともに。

海竜のドロップアイテムが、ぽふんっと海に落ちた。

――討伐完了だ。

「う、うぅ……あいかわらず、すごい威力……耳がキーンとする……」

ローナは目を回しながら、ふらふらと船に戻っていく。

そうして、船の甲板にふわりと降り立ったところで。

「えっと、みなさん大丈夫ですか？」

ローナがいまだに呆然としている乗客や船乗りたちに声をかけると。

その場にいた人々も、だんだんと状況がのみこめてきたらしい。

「……え、えっと」

「……助かった、のか？」

彼らはしばらく、無言で顔を見合わせてから。

「お、おぉおおっ！　嬢ちゃんがシン・サーペントを倒したぞぉおっ！」

と、船上で歓声が爆発したのだった。

◇

「いやぁ……まさか嬢ちゃんが、あの〝アクアスの奇跡〟を起こした〝大天使ローナちゃん〟だったとはなぁ」

「だ、大天使ローナちゃん？」

大海獣シン・サーペントを倒したあと。

ローナが乗客たちと話していると、なにやら変な言葉が耳に入ってきた。

「ここいらじゃ有名だぞ？　いきなりふらっと港町アクアスに現れたかと思えば、レアモンスターの素材を大量納品したり、エリアボスを一撃で倒したり、たった1日で城壁やモンスターの自動討伐装置を作り上げたりして、町を救ったとか」

「ま、まあ、そんなことをやった気もしますが……」

「さすがに、眉唾もんの噂だと思ってたけど、さっきの魔法を見たらなぁ」

などと話をしている間に、ちょうど昼時になり。

ローナのお腹から、くきゅるる……と頼りない音が鳴った。

「あっ、お腹がすいたのかい？」

「え、えっと、はい」

「ビスケットとキャベツの酢漬けぐらいしかないが食うか？」

孫娘を見るような温かい目で、ローナにお菓子や保存食をわたそうとする乗客たち。

ローナは少し顔を赤くしながら、手をぱたぱたと振る。

「い、いえ、大丈夫です！　お弁当なら持ってきてるので！」

そう言って、ローナはアイテムボックスに入っていた料理をぽんぽんと取り出してみせた。

「「「………………は？」」」

その場にいた船乗りや乗客たちが、思わずぽかんとする。

「あ、あれ、今どこから……？」

「いや、それよりも……」

乗客たちの目が、ローナの前にいきなり現れた料理へと向けられる。

料理がどこからともなく出てきたのもおかしいが……問題は、出来立てのように料理がほかほかと湯気を立てていることだ。

船の中では揺れもひどいし燃料も貴重なため、あまり火を使うことができない。そのため、船旅の途中は湿気たビスケットやキャベツの酢漬けぐらいしか基本的に食べるものがなく、温かいスープというのはそれだけで貴重なものであり――。

「ん～♪　おいしい♪」

「「「………………ごく」」」

ローナは周囲の人々の視線に気づかず、おいしそうに料理を頬張る。

それも、ちょうどお腹がすき始める時間帯であり……。

「じょ、嬢ちゃん！　まだそのスープはあるか？」

「言い値で買うぞ！」

と、乗客たちがローナのもとへと押し寄せた。

さらには。

「そのスキルは、どれだけのものを持ち運べるんだ!?」

「君、うちの商会で働かないか!?」

「おい、抜け駆けはずるいぞ！」

「え？　え？」

船に乗っていた商人たちもローナのもとにつめかける。

この船にいる者の中には商人も多い。そもそも、この定期船そのものが商船でもあるのだ。そのため、ローナのアイテムボックスの有用性に気づかない者は、この場にはほとんどいなかった。

亜空間への物の収納。それも入れたときの状態で時間を止められるらしいとくれば、もはや輸送の革命だった。やろうと思えば密輸や脱税もやりたい放題だろう。

さらには、巨大なモンスターを一撃で倒せるほどの戦闘力もあり、商店にいれば看板娘としても人気になりそうな愛嬌があるとくれば……商人たちが目の色を変えるのも無理もないことだったが。

「え？　あの……？」

もともと世間知らずなうえに、常識をインターネットから学んでしまったローナに、あまりその自覚はなく……。

「まーまー。みんな、その辺にしときなよ」

やがて、行商人風の少女が、仲裁するように間に入ってきた。

「冒険者を無理に勧誘したり、手の内を探ったりするのは、マナー違反でしょ？　冒険者ギルドに睨まれたら商売できなくなるよ」

「う……そうだな。すまん、嬢ちゃん」

と、ローナにつめ寄っていた商人たちが、たちまち大人しくなる。

我を忘れていただけで、もともと分別のある商人たちだったのだろう。

「えっと、ありがとうございます？　その……」

「あー、あたしは行商人のコノハ。よろしくね、ローナ」

「……コノハ？」

「ん？　どうかした？」

「あっ、いえ！　よろしくお願いします、コノハちゃん！」

と、握手をかわす。

同年代の少女ということもあり、なんだか仲良くできそうな雰囲気があった。

それはそうと。

「あっ、そうだ。料理ならたくさんありますし、みなさんで食べませんか？」

「「「お、おおっ!?」」」

ぽぽぽぽんっ！　と、ローナが次々に料理を出していく。

その様子に、商人たちは顔を見合わせ――。

「なにはともあれ……」

「食べるか！」

こうして、船上はたちまち宴会のような騒ぎとなった。

乗客たちも自分たちの食べ物を持ち寄り、吟遊詩人が歌い、踊り子が舞う。

そんな陽気な喧騒の中――。


「…………ご報告を。監視対象と無事に接触できました」


宴の輪から外れたところで。

通信水晶にこそこそと話しかけている不穏な人影があった。

先ほどローナに話しかけた行商人少女コノハだ。

その視線の先にいるのは、宴の中心にいる監視対象――ローナ・ハーミット。

「……たしかに、凄まじい力ですね。シン・サーペントを一撃で倒せる者がいるなんて、あたしのデータにはありませんでした」

『ああ。やつの力は、我が国にとって危険だ。野放しにしておくわけにはいかん。やつを排除するためにも、徹底的に情報を調べ上げるのだ』

「はい、任せてください。ただ――」

コノハはにやりと笑う。

「べつに、あたしがあれを倒してしまってもかまわないんですよね？」

『ふっ、我が国きってのスパイである貴様ならば可能かもしれんな。しかし、忘れるな』

「しくじれば、すぐに自害――ですよね」

『……ああ。結果を残せ。それが貴様ら道具の存在意義だ』

そんな短いやり取りを済ませると、すぐに通信が切れた。

（さて、と）

コノハは手袋を外して、中に入っている小さな石板を取り出す。

スパイ道具のひとつ――小型のステータス鑑定の石板だ。

その石板には、すでにローナのステータス情報が浮かび上がっていた。

先ほどローナと握手をしたときに、手袋に仕込んでおいて彼女の手に触れさせたのだ。かなり貴重な使い捨てアイテムを消費してしまったが、それに見合った情報は得られただろう。

（……ローナ・ハーミットか。思ってたより隙だらけだね。たしかに、すごい魔法を使うようだけど……あれなら、なんとでもなる）

そう、この世は、情報《データ》を制した者が勝つのだ。

相手がどれだけ格上だろうと関係ない。データさえ手に入れば、いくらでも攻略法を組み立てることができる。

（にははは っ！　さあ、見せてもらうよ。あなたのデータを――っ！）

そうして、ローナのステータスを確認し……。

■ローナ・ハーミット　Ｌｖ68
【ＨＰ：５６４／５６４】【ＭＰ：９８１２０／４３２】
【物攻：４３０】【防御：３０２５】【魔攻：３８７７】
【精神：６０４１】【速度：４４０】【幸運：６２９】
◆装備
【武器：世界樹杖ワンド・オブ・ワールド（ＳＳＳ）】
【防具：水鏡の盾アイギス（Ｓ）】【防具：終末竜衣ラグナローブ（Ｓ）】
【防具：原初の水着～クリスタルの夜明け～（ＳＳＳ）】【防具：猪突のブーツ（Ｂ）】

［装飾：エルフ女王のお守り（A）］［装飾：身代わり人形（F）］
◆スキル
［インターネット（SSS）］［星命吸収《テラ・ドレイン》（SSS）］［エンチャント・ウィング（S）］［猪突猛進（B）］［リフレクション（S）］［水分身の舞い（SSS）］
［魔法の心得Ⅹ（C）］［大物食いⅣ（D）］［殺戮の心得Ⅴ（D）］［竜殺しⅠ（C）］［錬金術の心得Ⅴ（D）］［プラントキラーⅠ（F）］［スライムキラーⅠ（G）］［フィッシュキラーⅢ（E）］
◆称号
［追放されし者］［世界樹に選ばれし者］［厄災の魔女］［ヌシを討滅せし者］［終末の覇者］
［女王薔薇を討滅せし者］［雷獅子を討滅せし者］［近海の主を討滅せし者］［暴虐の破壊者］
［水曜日の守護者］［原初を超えし者］［大海獣を討滅せし者］

「…………………」

コノハが無言でフリーズした。
何度か目をこすったり、石板をぶんぶん振ったりしてみるが、情報は変わらず――。
（…………やばいやばいやばいやばい）

コノハの全身から、どばぁっと冷や汗が出てくる。
いったい、このステータスがなんなのか、コノハにはわからなかったが。

――**見てはいけないものを見てしまった。**

ただ、それだけは理解できた。
各能力値は、人類の限界値の999を軽く超えてるし。
もはや、魔王とか邪神とかそういう類のなにかだとしか思えない。
そして、さらに異様なのは称号だ。
（……厄災の魔女？　終末の覇者？　暴虐の破壊者？）
どれもコノハのデータにはない称号だが。
とりあえず、かなりやばいものであることはわかる。
そして、けっして誰にも見られたくない称号であろうことも……。
（もし、ステータスを見たことが、ローナ・ハーミットに知られたら……）
…………消される。
ちょうど、そんな考えが頭をよぎったときだった。

「――あのぉ。コノハちゃん、でしたよね？」

「ひゃんっ!?」

いきなりローナに話しかけられ、コノハが乙女みたいな悲鳴を上げた。

「な、なな、なに？　どしたの!?」

「いえ、大丈夫かなーっと心配になって」

「し、心配？」

「はい。なんだか……『見てはいけないものを見てしまった』というような絶望的な顔をしていたので」

「…………………」

「コノハちゃん？」

「……ごめんなさいごめんなさいごめんなさいごめんなさい」

「コノハちゃん!?」

いきなり土下座しだしたコノハを前に、おろおろするローナ。

「だ、大丈夫ですか、いきなりうずくまって？　顔色も悪いですが……もしかして、船酔いですか？」

「へ？　あ、うん。そうかも」

「あっ、船酔いでしたら、ちょうどいい薬がありますよ！」

「あ、ありがと。それじゃ、もらおっかな」

コノハは混乱しつつも、緑色の液体が入った薬瓶を受け取った。

（……あれ？　スパイだとバレたわけじゃないのかな？）

とりあえず、もらった薬を少量ずつ舌に落としてみるが、毒が入っている様子はない。むしろ、飲むそばから体力が回復していくのがわかる。

どうやら、コノハを抹殺しようとしているわけではないらしい。

（いや……てか、回復しすぎじゃない？　なんか古傷も消えてきてるような）

こんな薬は、もちろんコノハのデータにはなかった。

「す、すごい効き目だね。ちなみに……なんて薬なの、これ？」

「エルフの秘薬です！」

「ぶふぉぇッ!?　げほぉっ！　ごほぉっ！」

「わっ、落ち着いて飲んでくださいね。エルフの秘薬はたくさんありますから」

「たくさんあるの!?」

「えへへ。実は……私も乗り物酔いのときは、よく飲んでるんです！」

「嘘でしょ!?」

コノハの薬瓶を持つ手が、がたがたと震えだす。

エルフの秘薬――それは伝説に語られる万能薬だ。

(こ、こんな薬が量産されたなんて、あたしのデータにはないっ！　もしかして、あたしは今、とんでもない国家機密に触れてるんじゃっ!?)

万能薬の量産。

それが真実ならば、この世の常識がひっくり返るだろう。

しかし、それよりも謎なのは、万能薬をぽんっとわたしてきた少女の存在だ。

「えっと、ローナってさ……いったい何者なの？」

コノハはつい我慢できずに尋ねてしまった。スパイとしてはあまりにお粗末な情報の引き出し方だったが、聞かずにはいられなかったのだ。

はたして、ローナの答えはというと。

「？　私はどこにでもいるフツーの一般人ですよ？」

「んなわけあるかっ！」

それは、監視対象に対するコノハの人生初ツッコミであった。

(う、うぅ……どうしよう。倒すとか言っちゃったけど、こんなのに勝てるわけないしぃ。データはいろいろ手に入ったはずなのにぃ)

ローナ・ハーミットのデータを得れば得るほど、謎が増えていく。

もはや、『大手柄を立てれば、使い捨ての道具《スパイ》から卒業できるかも！』なんて考えていられる余裕はなかった。

手に入れた情報をそのまま報告しても信じてもらえるわけもない。それどころか、ガセネタをつかんだポンコツスパイ扱いをされるのがオチだろう。

とすれば、まだまだローナ・ハーミットの監視を続けなければならないが……。

（い、胃が痛い……ど、どうしてこんなことにぃ……っ）

と、コノハがちょっと涙目になっていたところで。

「あっ、コノハちゃん！　王都が見えてきましたよ！」

「へ？」

ローナの声に反応して、コノハが顔を上げると。

船の前方――水平線の彼方から陸地が見えてきた。

陽光を浴びて金色に輝いている広大な町並み。

オライン王国の首都――王都ウェブンヘイムだ。

「わぁ、すごい！　楽しみですね、王都！」

「うん……あたしはもう、帰りたくなってきたけどね」

「？」

ぴょんぴょんとテンション高く飛びはねている監視対象《ローナ》を見ながら、コノハはこっそり頭を抱えるのだった――。

第2話　王都を観光してみた

「ありがとな、嬢ちゃん！　おかげで楽しい船旅になったぜ！」

「なにか困ったことがあったら、ぜひうちの商会に来てね！」

「はい！」

王都に船がとまったあと。

ローナは一緒に船に乗っていた人たちに手を振りながら、船からおり――。

「お、おお……これが、王都ウェブンヘイムっ！」

王都の町並みを見て、思わず歓声を上げた。

立ち並んでいるのは、見上げんばかりに背の高い建物たち。

通りを波のように流れていくのは、見たことないほどの数の人、人、人……。

最近までずっと実家に引きこもっていたローナにとって、その光景はとても新鮮なもので。

「すごいですね、コノハちゃん！　私、王都を生で見たのは初めてで……って、あれ？」

気づけば、ついさっきまで仲良く話していたコノハの姿が消えていた。

「……？　急ぎの用事でもあったのかな？」

と、ローナが首をかしげていたところで。

「おうおう、驚いてるねぇ、嬢ちゃん」

先ほど船で仲良くなった商人たちに声をかけられた。

「どうだい？　初めての王都は？」

「えへへ、すごいです！　町が滅亡の危機におちいってないなんて！」

「うんうん……ん、滅亡？」

「こんな平和な町、初めてで……私、すごく感動しました！」

「じょ、嬢ちゃんはどんな修羅の国から来たんだ？」

と、なぜかドン引きされてしまった。

「でも、本当にすごい数の人ですね。なんだか、お祭りをやってるみたいです」

「まあ、祭りっていうのは、間違いじゃないかもな」

「え？」

「王都はもともと交易の中心地だから、世界中から人が集まってるというのもあるんだが……今はなんか〝大預言者〟って人がこの王都に来るんだとかで、お祭り騒ぎになってんのさ」

「大預言者？」

「ああ、たしか……おとぎ話に出てくるエルフたちから崇拝されていて、神々の言葉を人間に伝えるためにつかわされた使徒で、最近もこの国で悪徳貴族の野望を打ち砕いた救世主、だったかな？」

「へぇ……世の中にはすごい人もいるんですね！」

と、ローナが感心していると。

商人たちが思わずといったように笑いだした。

「ははは っ！　嬢ちゃんはやっぱり面白いなぁ！」

「え？　え？」

「さすがに、こんな人間いるわけないだろ？　まさか真に受けるとは……ははは っ！」

「う……」

お腹を抱えて笑われて、ちょっと恥ずかしくなる。

神々の知識を得られる【インターネット】という例もあるし、ローナもエルフたちから恩人だとちやほやされているしで、そういう人がいてもおかしくないなと思ったのだが。

「いや、でも……本当に気をつけろよ、嬢ちゃん。王都には嬢ちゃんみたいなピュアな子をだまそうとするやつらも、たくさんいるからな」

「えへへ、私は大丈夫ですよ！」

「すごく心配だ」

と、なにやら不安そうな顔をされてしまったが。

なにせ、ローナにはインターネットがあるのだ。

インターネットに書いてあることに間違いはない。ゆえに――。

（ふふんっ！　インターネットがあれば、だまされることはないもんね！）

そんなこんなで、ローナはさっそくインターネットを開いて、この王都の地図を確認した。

王都で行ってみたいところは、たくさんあるのだ。

写真を撮るのにおすすめの〝フォトスポット〟という場所も回ってみたいし、百貨店やオークションで買い物もしてみたいし、王都の周りにあるダンジョンにも観光に行ってみたい。

とはいえ、まずどこへ行くか、ローナはすでに心に決めていた。

「よし、それじゃあ――カジノに行こう！」

というわけで。

ローナはむんっと気合いを入れると、王都の町並みの中へと足を踏み出したのだった――。

◇

一方、ローナが船着き場から去った、すぐあと。

つい先ほどまでローナが乗っていた船のもとに、王宮騎士の鎧をまとった集団がぞろぞろと歩み寄ってきた。

「すまない、少しよろしいか？」

「へ？　王宮騎士様が、あっしらになんの用で？」

声をかけられた商人たちが、困惑したように積荷をおろす手を止める。

「人さがしをしているのだが……こちらの船に〝ローナ〟という名前の少女は乗っていなかったか？」

「ローナ？」

思わず顔を見合わせる商人たち。

そんな名前の少女に、心当たりは――もちろんあった。

ありすぎるほどにあった。

彼女自身は自分のことを一般人だと思っていたふしもあったが、あれほど目立つ少女を同じ船に乗っていた者たちが忘れるはずもない。それどころか、王宮騎士が話しかける直前までローナの話題で盛り上がっていたまである……が。

「いやぁ、わからないですねぇ」

「乗客なんてたくさんいますから」

と、商人たちは示し合わせたようにシラを切った。

この国の最高戦力のひとつでもある王宮騎士が動いているということは、なにか裏にやっかいな事情があるはずだ。

この王宮騎士たちの目的がわからないうちは、下手に答えるべきではないだろう。

「ちなみに、なにかその少女の特徴とかは？」

「私も伝聞でしか知らないが……特徴的な杖を持ち、凄まじく強力な魔法を使うらしい」

（……やっぱり、ローナちゃんか？）

「それと、神々しいオーラをまとい、賢者のような知性を持っているとか」

（……あれ？　ローナちゃんじゃない？）

「あと、猫のようにぽけーっと虚空を見つめてることが多く、『草』などという聞き慣れない言葉をよく話すらしいな」

「…………」

その場にいた商人たちが顔を見合わせる。

（（（――絶対にローナちゃんだ!!)))

もはや、間違いはないだろう。

そこまで特徴のある少女が何人もいるはずがない。

「……えっ、なんで王宮騎士に捜索されてるの、あの子？」

「……たしかに、いろんな意味でヤバい子ではあったが」

「……いや、あの力だ。国が最終兵器として利用しようとしてるんじゃ」

(((――それだッ！)))

ここに今、〝最終兵器ローナ説〟が爆誕した。

ローナにあれだけの力があるのも、その力がありながらどの組織に所属していないのも、王宮騎士がたったひとりの少女の捜索に動いているのも――国が秘密裏に作り出した人間兵器と考えれば、全て納得できる。

「……？　どうかされたか？」

「い、いや、なんでもないですよ、王宮騎士様！」

「と、とにかく、そんな子は見ていませんねぇ！　まったく、これっぽちも！」

「乗船記録にも載ってませんよ、そんな名前の子は！」

商人たちが慌ててごまかす。

王宮騎士の聞きこみで虚偽の発言をすると罰則もあったが。

(へへっ、あの子には恩があるからな！)

(ローナちゃんを最終兵器なんかにさせてたまるか！)

(あの子の笑顔は、あっしらが守るんだ！)

商人たちにとってローナは恩人であるとともに、年齢的に孫や娘のように感じていた。

それに、答えたところで1シルの利益にもならない王宮騎士より、今後仲良くなれば利益が出そうなローナの肩を持つのは、商人たちにとって自然な流れであり――。

「……!?　そ、そうか。ご協力感謝する」

そんな商人たちの謎の気迫に、王宮騎士たちがその場から逃げるように立ち去った。

彼らはそれから、しばらく歩いたところで、他の王宮騎士たちと合流した。

「そっちはどうだった？」

「いや……あの船にも乗っていないようだ」

「そうか……」

王宮騎士たちの間に、どんよりとした空気が流れる。

「いったい、どこにいるのだ――大預言者ローナ様は!?」


事の発端は、半月ほど前――。

エルフたちとともにググレカース家の当主たちを捕らえた王宮騎士たちは、そこでエルフの女王からとある話を聞いたのだ。

そう、神々の言葉を聞くことができる救世主――大預言者ローナの話を。

行く先々で、町を救っていく少女。

その少女の話は、イフォネの町でも港町アクアスでも話題になっており。

少し聞きこみをすれば、大預言者ローナが王都に向かっているということもわかった。

そこで、慌てて歓迎祭の準備を始めたのはいいが……。

肝心のローナ本人が見つからないのだ。

「大預言者様は、空を飛ぶスキルも使えると聞く。もしかしたら船に乗らずに来たのでは？」

「やはり、転移するスキルも持っているとしか……」

「こ、行動の予測がつかない……っ」

最近は、イプルの森で天変地異が起きたり、怪しげな黒ローブ集団を引きつれた少女の姿がよく目撃されたり……と、不穏な噂もよく聞くようになった。

民の間にも、じわじわと不安が広がってきている。

こんな国が荒れているときこそ、人々に希望を与える〝英雄〟が必要なのだ。

今、差し迫っている〝王都の危機〟に対処してもらうためにも……。

「なんとしてでも、大預言者ローナ様を見つけ出さなければ！」

こうして、王宮騎士たちは胃がキリキリ痛むのを感じながら、ふたたび王都を駆け回るのだった。

◇

「ふ、ふわぁ……」

王都の大通りに入ったローナは、ぽけーっと立ち尽くしていた。

インターネットで王都の画像は見ていたが、やはり実際に来てみると全然違う。

通りには商魂たくましい売り子たちの声が飛び交い、屋台たちは宝石箱みたいに色とりどりの古今東西の品を並べており……。

そんな光景を見ながら、やがてローナはうんっと確信した。

（…………うん、迷った）

完全に迷子になっていた。

ローナは改めて、手元のインターネットで王都の情報を確認する。

■マップ／【王都《おうと》ウェブンヘイム】
オライン王国の首都にして、メインストーリーの中心地。

多くのダンジョンに囲まれており、世界各地から冒険者や商人が集まってきている。また、〝金の都〟ともいわれ、【カジノ】や【オークション】など商売や金にまつわる施設が多く見られる。

名物は【金塊カステラ】【金貨チョコ】。


（なるほど、名物はカステラとチョコかぁ……って、そうじゃなくて）

ローナはしばらく、王都の地図とにらめっこしてみるが、やっぱり複雑すぎて現在地がわからなかった。

まず道が多すぎるし、人や物も多すぎるのだ。

目印となるようなものも見つけられないし、人波に流されて曲がりたい道で曲がることもままならない。

そんなこんなで、地図を見ながら歩いていたはずが、思いっきり迷子になってしまったわけだ。

(ど、どうしよう。迷子になったときは……えっと、『迷子センターに行きましょう』？　でも、そんな建物は見つからないし……)

とりあえず、道を尋ねるべく近くの屋台のおばさんに話しかけてみた。

「金塊カステラひとつください！　あと、迷子センターってどこにありますか？」

「迷子センター？　まあ、とりあえず迷子ってんなら、向こうにある中央広場に行けばいいんじゃないかい？　道案内の看板なんかもあるだろうしねぇ」

「あっ、たしかにそうですね！　ありがとうございます！」

そうお礼を言いながら、ローナは紙に包まれた金塊カステラを頬張った。

「ん～♪　これは〝飛べ〟ますね！」

「飛べる？　よくわからないけど、うまそうに食べてくれると作ったかいがあるねぇ。ほら、もう1個サービスしてあげるよ」

「え、いいんですか？」

「うんうん。嬢ちゃんはただそこで、うまそうに食べてくれればいいからねぇ」

「？　わかりました」

よくわからないが、もらえるものはもらっておく。

そんなこんなで。

「ん～～♪」

と、幸せそうにカステラを頬張るローナ。

「ほらほら、もっとお食べよ！」

「わーい」

「おかわりもいいよ！」

「まだいいんですか！」

ぽんぽんっと餌付けをされるように、ローナがカステラを食べていき……。

「………ごく」

「う、うまそうに食べるな、あの子……」

「私も買おっかな……」

気づけば、周囲にいる人たちが、そんなローナの食べっぷりに思わず足を止めていた。

その様子に、屋台のおばさんがキランと目を光らせる。

「おぉっと、嬢ちゃんにサービスしすぎて材料が少なくなっちまったねぇ！　今日はそろそろ売り切れそうだよ！」

「!?」

「お、俺にもそのカステラひとつ！」

「私も！」

と、またたく間に、屋台にお客さんが殺到してきた。

「ま、そういうわけさ」

ぽかんとしているローナに向けて、おばさんがウィンクをする。

（な、なるほど、これが〝金の都〟……）

さすがは商業都市と言ったところか。

この王都の人たちは、みんな商売上手なのかもしれない。

ローナはおばさんにぺこりと頭を下げてから、王都の中央広場に向けて歩きだした。

それから、しばらくして。

「ふぅ……ここまで来れば、あとは道がわかるかな」

あっぷあっぷと人波に溺れつつも、なんとか中央広場に到着したところで。

ふと、ローナの視界に女神像が入ってきた。

（神様かぁ……いつもインターネットでお世話になってるし、お祈りとかしたいなぁ。でも、お祈りって作法があるんだよね。〝二礼二拍手一礼〟だっけ？）

そう、ローナは最近、インターネットを通して知ったのだ。

こういう作法を間違えると、〝マナー厨〟と呼ばれる神々がどこからともなく降臨して、マナー棒でボコボコに叩いてくると。

（えっと、女神像については……あっ、これかな？）

■マップ／【光の女神像《ひかりのめがみぞう》】
【王都ウェブンヘイム】の中央広場にある女神像。

【黄金郷エーテルニア】の封印の要であり、メインストーリー2部にて、キーワード【聖なるかな、聖なるかな、聖なるかな、その光は全地に満つ】を使用すると、イベントムービーに突入する。

ちなみに、一時期、このイベントムービーを利用したバグで話題となった。


「よくわからないけど……とりあえず、お祈りするときは、この〝聖なるかな、聖なるかな、聖なるかな、その光は全地に満つ〟ってキーワードを言えばいいのかな――って、わっ!?」

ローナが女神像の前で、何気なくキーワードを呟いたとき。

――ぱぁあああああ……っ！　と。

女神像がいきなり輝きだした。

「え？　え？　うわっ!?」

ローナは思わず目をつぶる。

それから、次に目を開けたとき……。

「………ここは？」

気づけば、ローナは白い空間に立っていた。

上も、下も、左も、右も——全てが、白。

そんな不思議な白い空間の中で、ふいに光が集まりだし——。

そうして光とともに現れたのは、ゆったりとした白い衣に身を包んだ女性だった。


『——選ばれし人の子よ。よくぞ、ここまで来ましたね』


（……な、なんか出てきた）

『黄金郷の封印を解く〝力ある言葉〟を唱えたということは——ついにできたのですね。邪神テーラと戦い、この世界を救う覚悟が……』

「？」

なにを言っているのか、よくわからなかったが。

目の前にいるその存在を、ローナはインターネットで見たことがあった。

絵画が動きだしたかのような現実離れした美貌。

白い空間の中、ふわりと重力を無視したように浮かんでいる体。

デザインを凝らした特徴的な衣装。

その姿は、間違いない。

「ま、まさか、あなたは……」

『ええ。おそらくは、あなたが想像している通り――』

「――〝ぶいちゅーばー〟だっ！」

『……光の女神ラフィエールです』

人違いだった。

いや、この場合は〝神違い〟と言うべきかもしれないが。

「あ、えっと……もしかして、動画配信とかはしていないタイプの神様ですか？」

『なんで、ちょっとがっかりしているのですか？　ぶいちゅーばー？　というのはわかりませんが、神ですよ？　もっとこう、なんかあるでしょう？』

「いえ、神様たちのことは、いつも見てますので」

『えっ、怖い』

神々の姿はインターネットでよく見るし、攻略サイトの掲示板で質問をすると『ローナですちゃん来た！』とみんな優しくいろいろ教えてくれるしで、神と話すことにだいぶ慣れていたローナであった。

『というか、あの……まさか、事情を知らずに〃力ある言葉〃を唱えたわけではありませんよね？』

「？　力ある言葉？」

『絶対にわかってない反応じゃん……えっ、なんで？　嘘でしょ？　ど、どうしよう……黄金郷の封印解いちゃったんですが。いやでも、わりとバレないか……？』

「あっ、でも！　いつもありがとうございます、神様！　インターネットにはとても助けられてます！」

『はい……えっ？　いんたあねっと？』

「あ、これ！　神様たちが大好きな〃まよねぇず〃です！　作ってみたのでどうぞ！」

『待って、なにこれ知らない……』

「他にもいろいろ屋台で買ってきたので、一緒に食べましょう！」

『いえ、あの、世界が危機におちいってる的な話をしたいのですが――』

というわけで。

ローナがアイテムボックスから取り出したティーセットで、なごやかなお茶会が始まった。

『……っ！　地上のものを食べたのは初めてですが、どれも美味ですね』

「えへへ、お口に合ってよかったです！　あっ、そうだ！　たまにお供え物しましょうか？」

『よ、よろしいので？』

「はい！　インターネットでは、いつもお世話になっているので！」

『まったく身に覚えはありませんが……ま、まあ、そこまで言うのでしたら――って、そうじゃなくて！』

光の女神ラフィエールが、いきなり叫んだ。

『ともかく、事情を知らないというのなら、あなたに伝えなければなりませんね。あなたにもここへ来る資格があることは、確かなわけですし』

「事情？　資格？」

『はい。どうか、落ち着いて聞いてほしいのですが――』

その真剣な声音に、ローナもごくりと唾をのむ。

そして、女神はおごそかに告げた。

『…………この世界に、滅亡の危機が迫っているのです』

――と。

「あっ、またですか？」

『……めちゃくちゃ冷静じゃん』

「最近、世界滅亡の危機みたいなの何度かあったので、もう慣れちゃいました！　えへへ！」

『〝えへへ〟じゃないですよ!?　何度もあったって、なんですか!?』

「えっと、先週ぐらいにも〝原初の水クリスタル・イヴ〟っていう神話の大怪物の封印が解けそうになったり」

『マジですか!?　世界滅ぶじゃん!?』

「あっ、大丈夫です。私がもう倒しておいたので」

『嘘でしょ!?　って……うわっ、本当にあの怪物のマナ反応がなくなってる!?　は、はぁああっ!?　ど、どうして!?　女神が束になってようやく封印できたやつなのに!?　えっ、この子、あの怪物よりも強いの!?　ど、ど、どういうこと!?』

「あ、あの、落ち着いてください」

『落ち着かせてくださいよ!?』

なぜか、女神がドン引きしたようにローナを見てきた。

『あ……あなたはいったい何者なんですか？』

「え？　ただのフツーの一般人ですが」

『こんな一般人がいてたまるか！』

怒られた。

「あの、それより、今度はどんな危機が？」

『あっ、そうでした。それを話さなければ――』

と、女神がこほんと気を取り直したところで。

『黄金郷エーテルニアで――あっ、やばい――のんびりしすぎて時間制限が――待って待って待って――延長！　延長――』

なぜか、いきなり女神が慌てだした。

それと同時に、白い空間が光に包まれていく。

『ああっ、ダメだ、時間がない――とにかく、あれです！　わたくしが伝えたいのは――』

そして、最後に光の女神ラフィエールはローナに告げた。


『――次のお供えものは、スイーツ系でお願いします！』


そんな言葉とともに、ローナの目の前が白い光で包まれていき……。

「あいたっ！」

気づけば椅子の感触も消え、ローナは王都の広場で尻もちをついていた。

周囲を見るが、すでに女神の姿はなく。

ただ目の前に、女神像が鎮座しているだけであり。


『称号：【光の女神の使徒】を獲得しました』


というメッセージが視界に表示された。

「……な、なんだったんだろう？」

ちょっと意味がわからなかった。

とりあえず、『女神がスイーツを求めている』ということだけはわかったが。

（もしかして、これが〝オフ会〟ってやつなのかな？　いろいろよくわからなかったけど、うーん……ま、いっか！）

神々の言動がよくわからないのは、今に始まったことではない。

きっと、人間には想像もできない壮大なことを考えているのだろう。

というわけで、ローナは考えるのをやめた。

と、そこで。

「女神像が輝いただと!?」

「まさか、大預言者様がここに!?」

王宮騎士たちが慌ただしく広場に駆けこんできた。

ローナが「なんだろう？」と見ていると。

「すまない、人さがしをしているのだが」

と、王宮騎士のひとりが近づいてきた。

「常にぽけーっと虚空を見ていて、不思議な言葉をしゃべり、未来を見通すような優れた知能を持ち、行く先々で世界を揺るがすようなトラブルを起こしていそうな少女を見なかったか？」

「……？　見てませんが」

まったく心当たりがなかった。

ただ、あまり関わり合いになりたくないタイプだなぁ、とローナは思った。

「む……そうか。いや、時間を取らせてすまない」

「いえ、騎士さんもお仕事頑張ってください！　私もさがしてみますね！」

「ああ、ご協力感謝する！」

王宮騎士はびしっと敬礼をすると、忙しそうに走り去っていく。

（なんだか大変そうだなぁ……あっ、そういえば、さがし人の名前とかも聞いとけばよかったかな？　まあ、いっか）

と、王宮騎士の背中を見送ったあと。

（とりあえず、カジノはこっちかな。人も多いし、杖はアイテムボックスにしまって……あっ、そうだ！　エンチャントウィング！）

ローナは光の翼を生やして、ぎょっとしている人々を背に、ぱたぱたと空からカジノへ向かった。

空を飛んでしまえば、いくら地上に人が多くても関係ない。

（もっと早く思いつけばよかったなぁ）

一方、飛び去っていくローナの背後では――。

「くっ、もうここにはいないか……」

「し、神出鬼没な……やはり、空を飛べるという噂は本当なのか？」

「カジノ方面はさがさなくていい！　大預言者ローナ様がカジノになんて行くはずないからな！」

あいかわらず、ばたばたと走り回っている王宮騎士たちの姿があったのだった。

第3話　カジノに行ってみた

——カジノ。
そこは、欲望とコインが渦巻く、きらびやかな金世界。
その黄金の宮殿に足を踏み入れると、人々を出迎えるのは宝石のシャンデリアに、ふわふわの赤絨毯に、じゃらららららら……とこれ見よがしに積まれるコインの山、山、山……。
そんな魅惑の空間の中で、ローナはというと——。

(——わぁあっ！　ギャンブルって楽しい！)

無垢な瞳をキラキラ輝かせながら、スロットに夢中になっていた。
ボタンをぽちぽちするだけで、じゃらららら……と吐き出されてくるカジノコイン。
(えへへ！　遊んでるだけで短時間でこんなに稼げるなんて、働くのがバカみたい！　うん！　私、ギャンブルの才能あるかも！)

カジノコインがたまれば、いろいろな豪華景品と交換することができる。

強力な装備、便利なアイテム、さらには家のようなものまで……。

このカジノでしか手に入らないものもあるし、カジノを使えば簡単にお金も稼げるしで、『王都に着いたら、まずカジノへ行け』とインターネットの神々も口をそろえて言っていたほどであり。

「……ふふ……ふへへ……」

次々と吐き出されてくるカジノコインに、ローナ史上経験したことのないほど脳汁がどばどばと出てくる。

そう……スロットというのは、言わばエンターテイメントの究極形。

人をハマらせるということにかけて、これほど計算し尽くされた娯楽は他にない。

つい最近まで実家からほとんど出たことすらなかったローナが、その刺激に抗えるはずもなく……。


(も、もしかして……冒険とかより、カジノのほうが楽しいのでは？)

ローナの旅が、今——終わろうとしていた。

とはいえ、そんなに人生うまくいくはずもなく。

(あ、あれ？　コインの残高が減ってきたな……で、でも、大丈夫！　まだ期待値は稼げてるし……インターネットにも『スロットならボタン連打だけで稼げる』って書いてあったし……あ、あれぇ？　今日は台が当たりたがってないのかな？　で、でも、私が回してここまで育ててきた台だし、うぅ……と、とにかく損失を取り戻さないと！）

こうして、ローナは手持ちのお金をさらにカジノコインにかえていき――。

……それが転落の始まりだった。

どんどん減っていく所持金の残高。所持金がなくなると、ローナは手持ちのアイテムや素材を換金して、さらにカジノコインを購入した。

（ま、まあ、トータルで勝てばいいし……ここまで外れたなら、そろそろ確率的に当たるよね？）

しかし、そんなローナの期待とは裏腹に、損失は膨らんでいき……。

「あの、お客様？　大丈夫ですか？」

やがて、バニーガールが救いの手を差しのべるように声をかけてきた。

「今ならこの〝わくわくトイチプラン〟に加入すると、実質無料でスロットを回せますよ？」

「――っ！　加入します！」

そうして気づけば、ローナの手元には５００万シルの借金だけが残っていた。

（な、なんでぇえええっ!?）

美しいほどに教科書通りの転落の仕方であった。

◇

「ママぁ、あれなにぃ？」

「ふふ、あれはカジノで有り金を全て溶かした人の顔よ」

「わぁ、実在したんだぁ！」

カジノに入ってから1時間後。

ローナはふらふらと王都を歩いていた。

やがて、人目が少ないところまでやって来たところで。

「あああ……あひゃはやや……」

ローナは膝から崩れ落ちた。

――破産。

その2文字が、じわじわと実感をともなってローナの胸に突き刺さってくる。

(ど、どうしてこんなことに……)

ただ所持金がゼロになっただけなら、まだよかった。

問題は、手元に残った500万シルの借金だ。

すでに手持ちの素材などは、ほとんど換金してカジノコインにかえてしまっている。

一応、冒険者ギルドの口座には、港町アクアスで作った〝ウォール・ローナ〟や〝トラップタワ

――〟の使用料としてお金がたくさん入ってきてはいたが……。

『そのお金は町の復興費にあててください！（キリッ）』

『ローナちゃん、ありがとう！（目キラキラ）』

（…………うん、無理だね）

アリエスと、あんなやり取りをした直後なのだ。

あのお金には手をつけられない。

（な、なんとか、自分でお金を稼がないと！　こういうときは――インターネット！）

もはや、なりふりかまっていられなかった。

（えっと、借金を返すには……マグロ漁船？　闇バイト？）

そうして、いろいろと金策について調べること、しばし。

（ん……屋台コンテスト？）

やがて、ローナはその言葉を見つけた。

■ミニゲーム／【屋台《やたい》コンテスト】

【開催場所】【王都ウェブンヘイム】

［開催時期］不定期
［参加条件］商業ギルド登録
［クリア報酬］順位に応じた賞金、商業ギルドＥＸＰ
◇説明：【王都ウェブンヘイム】にて、たまに期間限定で開催されるミニゲームイベント。店舗経営シミュレーションのように商品の作成・仕入れ・出品をおこない、１日の売上や人気度によって勝敗を決める。
優勝すれば賞金１０００万シルをもらえるほか、商業ギルドのランクを上げるのに役立つ。


（なるほど、たまにやってるイベントなんだね。次の開催は5日後で、賞金は……１０００万シル!?）

ローナは思わず二度見する。

この賞金があれば、ローナの抱えている借金も返せるだろう。

もはや、神様がローナにこのコンテストに出ろと言っているようにしか思えず……。

「こ…………これだっ！」

と、ローナの体に電流が走るのだった。

◇

一方、その頃。

行商人に変装していたスパイ少女コノハはというと。

(ぜぇ……はぁ……よ、ようやく見つけたよ、ローナ・ハーミット)

カジノの前でげっそりしながら、監視対象であるローナを陰から観察していた。王都でローナを泳がせて、その行動をこっそり観察しようと思い立ったまではよかったが……。

(もぉ～っ！　なんで、いきなり空飛ぶの!?　女神像が光ったと思ったら消えるし！　どこに行ったかと思えばカジノだし！　なんなの、もぉ～っ！　尾行してる人の気持ちも考えてよぉ～っ！)

そんなこんなで、コノハは涙目になりながら王都を駆け回るハメになったわけだ。

しかし、苦労のかいもあり、ようやくカジノから出てくるローナを発見することができた。

コノハはとっさに隠密スキル【忍び足】を発動して、こっそりローナの後をつける。

(な、なんか、カジノで有り金を全て溶かしたような顔してるな……いや、ローナ・ハーミットは金を稼ぎまくってるってデータもあるし、それはないはず……ん？　今度は猫みたいに、ぽけーっと虚空を見つめて……あれ？　なんか、にまにましだした？　いったい、なにをしてるの……？)

またしても、意味のわからないことを始めたローナ。

しかし、コノハはそこで、はっとする。

(あの虚空を見つめる仕草……もしかして、ローナ・ハーミットの秘密はここにあるのかも！)

と、コノハがさらによく見ようと、ローナにこそこそ近づいたところで。

「あっ」

「うげっ」

ローナとばっちり目が合ってしまった。

コノハは反射的に逃げようとするが――。

「コノハちゃん！　こんにちは～っ！」

（――ッ!?　速い――ッ!?）

ばしゅッ！　と、一瞬で距離をつめられてしまった。

「奇遇ですね！　コノハちゃんもカジノですか？」

「え？　あー、うん。そんなとこかな」

「？　なんか、汗がすごいですが大丈夫ですか？」

「ま、まー、商売は体力使うからね。重い荷物背負って歩き回らないとだし」

と、コノハがごまかすように言うと。

ローナが、「商売……あっ！」と声を上げた。

「コノハちゃんって、商売についてくわしいんですよね？」

「え？　ま、まあ」

「そうですよね！　商人の格好してますもんね！」

(す、素性を疑われてる!?)

「あの、もしよければなんですが……」

そして、ローナはちょっと緊張したように言葉を続けた。

「一緒に、屋台コンテストに出てみませんか？」

「……へ？」

想定していなかった言葉に、思わずきょとんとするコノハ。

――屋台コンテスト。

そのイベントについて、コノハはもちろんデータを持っている。

開催は5日後。屋台を出して1日の売上や人気投票をもとに順位を決め、優勝すれば1000万シルの賞金を手にすることができるというイベントだ。

商人としての総合力を試されるため、優勝すれば王都での商人としての地位が確立されると言われている。うまく利用できればスパイ活動にとってプラスになるかもしれないため、興味を持っていたイベントでもあったが……。

「あたしと一緒に？　屋台コンテストに？」

「はい！　あの、私は商売のこととかくわしくなくて。コノハちゃんはこういうのくわしそうなので。それに……」

ローナが少し照れたように、はにかみながら言う。

「えへへ、友達と一緒にこういうイベントに出るの、楽しそうだなって」

「……トモ……ダチ……？」

「？　なんで、愛を知らない悲しきモンスターみたいな口調に？」

「い、いや……友達……そ、そだね！　友達だよね、あたしたち！」

コノハは慌てて取りつくろう。

ひとまず、ローナはコノハがスパイであることに気づいていないらしい。

それどころか。

「えへへ、よかったぁ。私だけが友達だと思ってるのかと思いました」

（な、なんで、こんなに懐かれてるの、あたし……？）

正直、今のコノハは自分から見てもそこそこ怪しいと思うのだが。

なにはともあれ、コノハにとって都合がいい状況ではある。

屋台コンテストへの参加についても、ローナと一緒に屋台作りをすれば、行動の予測がつかないローナを監視しやすくなるだろうし、結果を出せばローナからさらなる信頼も得られるだろう。

それに――。

（たしか、今度の屋台コンテストは〝彼女〟も参加するんだっけ？）

ローナ・ハーミットと並ぶ、重要監視対象のひとり。

――人形姫メルチェ・ドールランド。

幼くして王国随一の商会――ドールランド商会をまとめ上げ、この王都を裏で支配しているともされる少女だ。なにやら、闇の勢力とのつながりがあるとも聞くが……ローナと競わせることで面白いデータが得られるかもしれない。

（……にしし。考えれば考えるほど、メリットしかないいね）

「？」

というわけで。

コノハは不敵に笑ってから、ローナのほうに向き直り。

「じゃ、一緒にやろっか――屋台コンテスト！」

「っ！　ありがとうございます！　これで闇バイトをやらなくても済みます！」

「闇バイト？」

こうして、ローナとコノハはそれぞれの目的のために、屋台コンテストに参加することを決めたのだった。

第4話　商業ギルドに登録してみた

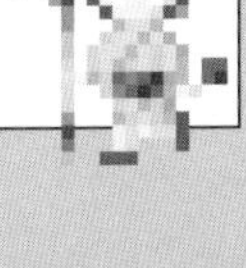

行商人（？）の少女コノハとともに、屋台コンテストに出ることを決めたあと。

ローナたちはコンテスト参加手続きのため、商業ギルドの王都支部まで来ていた。

「ふ、ふわぁ……ここが商業ギルド。冒険者ギルドより、ずっと大きぃ！」

「ま、羽振りがいいんだろうねー」

「えっと、まずはここで商業ギルド登録をするんでしたよね」

「そそ」

屋台コンテストに出場するためには、商業ギルド登録が条件となる。

それは屋台コンテストが商業ギルド主催のイベントということもあるが、そもそもこの王都では商業ギルドを経由しないと商売をしてはいけないらしい。

「まー、あたしのデータによれば、商業ギルドに登録しておくメリットは大きいと思うよ。冒険者ランクよりも商業ランクが高いほうが信頼も得やすいし、廃業したときも商業ギルド支部や他商会への就職を斡旋してもらえたりするし。あとは商業ギルドの共済制度を使うと、節税や借り入れなんかでメリットもあって」

「ほへぇ、コノハちゃんは物知りですね」

「ま、商人やってるし、これぐらいはね」

「えへへ。やっぱり、コノハちゃんを誘ってよかったです」

「……よしよし、信頼度が上がってるな」

「？　どうかしましたか？」

「ん〜ん、なんでもない♪」

いい笑顔でごまかされた。

「ま、とりあえず、入ろっか」

「うぅ……なんだか緊張してきました」

「ま、本当に緊張するのは中にいる人たちじゃないかな」

「？」

そんなこんなで。

ローナはコノハの陰に隠れながら、おそるおそる建物の中へと入った。

商業ギルドの支部の中は、多くの商人でにぎわっていたが。

ローナが足を踏み入れた瞬間――。

「「「…………………」」」

ぴたりと会話がやみ、一斉に値踏みするような視線がローナへと向けられる。

（うぅ、すごい見られてる……やっぱり、こんな格好じゃ場違いだったかな）

辺りを見ると、商人たちは飾り気こそは抑えているものの、仕立てのいい服であることが一目でわかるような格好をしている。

一方、ローナの今の格好は、冒険用の装備だ。

商業ギルドに入るには、やはり目立つ格好だろう。

実際、ローナの格好はかなり目立っていた。

ここにいる商人たちは一流の者ばかりであり、アイテムの価値をオーラとして見ることができる【目利き】スキルを持っている者も多い。

そんな商人たちから、何千億シルものの装備を平然とまとったローナがどう見えているかというと。


（あぎゃあああっ⁉　眩《まぶ》しすぎるっ⁉）

（目が、目がぁああ――――っ⁉）

（歩く国家予算かよ⁉　正気じゃねぇ⁉）


そう、全身ものすごく光り輝いて見えるのである。

もちろん、その驚きを口に出すような商人はいなかったものの……。

(((――な、なんかヤバいやつが入ってきた!?)))

その場にいる商人たちの気持ちは今、ひとつになっていた。

数百万シルの服やアクセサリーを見せびらかしていた成金商人たちが恥じ入るように顔を伏せ、実力のある商人たちが「ほぅ……」とローナの一挙手一投足をさりげなく注視する。

「あーらら……やっぱり、こうなったかー」

「?」

「ま、とりあえず受付に行こっか」

「は、はい」

というわけで、ローナたちは注目を浴びながら受付へと向かった。

「ほ、本日はどのようなご用件で？　商業ギルドの敵対的買収とか……？」

「？　いえ、あの、屋台コンテストに参加を……」

「待って、ローナ。その前に商業ギルドに登録しないと」

「あ、ああっ、そうでしたっ」

「そ、そうですか。商業ギルドの登録ですね。でしたら、他の組合員からの推薦と、過去の実績の提示が必要となります。こちらがない場合は、試験に合格して見習い期間を経てからの登録という形になりますが」

「あー、推薦はあたしがするから」

と、コノハが金色のギルドカードを提示すると、受付嬢が目を丸くした。

「……ゴールドランク。その年齢で……」

受付嬢の声は小さめだったものの、聞き耳を立てていた商人たちがわずかにどよめいた。

「あっ。も、申し訳ございません。つい……」

「いいよいいよ。商人ならどうせすぐに嗅ぎつけてくるだろうし」

「え？　え？　あの……もしかして、コノハちゃんってすごい商人だったんですか？」

「あー、うん。ま、データさえあれば商売なんて楽勝だしね」

スパイとして潜伏や情報収集をしやすくするために、商人としての実績と地位を獲得したが。

多くの情報を持っているコノハにとって、商売はかなり相性がよかった。

「それより、これで推薦については問題ないよね？」

「は、はい。もちろんです。あとは、そちらの方の実績を教えていただければ」

「えっと、実績なんてありませんが……」

「なに言ってんの、ローナ？　実績ならあるでしょ？　それもたくさんね」

「へ？」

なんのことかわからず、ローナがぽかんとする中。

コノハが受付嬢に対して言葉を続ける。

「ねぇ、受付嬢さん。〝アクアスの奇跡〟の話は知ってるでしょ？」

「……？　それは、もちろん。謎の天才商人によって、港町アクアスが奇跡の復興をとげたという話ですよね」

それは、商人たちにとって、今もっともホットな話題だった。

〝水曜日の悪夢〟といわれたモンスターのスタンピード。

それによって、商人たちが港町アクアスから手を引いている中――。

謎の商人が、ふらりと港町アクアスに現れたのだ。

定期船の運行が再開されたばかりで、まだ情報はかなり少なかったが……。

なんでもその商人は、モンスターの自動討伐装置を売ってスタンピードの問題を解決に導き、さらに大量に手に入ったドロップアイテムの大口取引先を見つけたことで、港町アクアスを一気に復興させたという。

今や、港町アクアスは――そして、その謎の商人は、この王都の全商人に注目されているといっても過言ではなかった。

「んで、この子の名前は、ローナ・ハーミット。その謎の商人の正体ってわけ」

「!?　まさか、あの〝大天使ローナちゃん〟というのはっ!?」

「そ、この子のこと。隠されてる情報でもないし、冒険者ギルドに問い合わせればすぐにわかると思うよ。ローナが港町アクアスでどれだけ稼いだのかもね」

「「――っ！」」

商業ギルドにいた人々が絶句するとともに。

商人たちのローナに向ける目の色が、一気に変わった。

まだ不確かな情報ではあるものの、ゴールドランクの商人からの情報だし、ローナが謎の天才商人の正体だというのなら高価な装備をまとっているのも納得がいく。

「で、他にも実績が必要？」

「へ？　あ……だ、大丈夫です！　すぐに確認を取ってきます！」

「あー、それと屋台コンテストへの登録もよろしく。あたしたち、屋台コンテストで優勝するつもりだから」

「は、はい！　すぐに手続きをいたします！」

受付嬢がばたばたと慌ただしく、受付の奥へと引っこんでいく。

一方、話を聞いていた商人たちは顔を見合わせて、ひそひそ会話を始めた。

「……俺、今回のコンテストは出店やめよっかな」

「……あのドールランド商会の令嬢も出るんだろ？　強豪が多すぎだろ」

「……屋台出したら、むしろ赤字になるぞ」

そんな会話を盗み聞きしながら、コノハが悪い笑みを浮かべる。

「ふふふ……よしよし、これでライバルは減らせたね」

「？　あっ、もしかして、これを計算してわざと聞こえるように話を？」

「当たり前じゃん。もう勝負は始まってるんだから」

「す、すごいですね、もうそこまで考えてたなんて。なんだか、コノハちゃん、すごく頼もしいです！」

「そうでしょうとも」

コノハがむふんっと胸を張る。

もともと、コノハは凄腕スパイであり、仮の姿でもある行商人としても若くしてゴールドランクの実力を有しているのだ。

ローナと関わったときにポンコツ化するのは、全てローナが悪いのだ。そうに違いないのだ。

「ローナ様！　コノハ様！　手続きが完了いたしました！　こちら、ローナ様のギルドカードと、屋台コンテストの参加証です！」

「わーい」

なにはともあれ。

こうして、ローナたちは無事に屋台コンテスト参加手続きを済ませたのだった。

◇

その後――。

ローナは作戦会議のため、コノハが取っていた宿にお邪魔することになった。

「というわけで――第1回、屋台作戦会議〜っ！」

「わ、わ〜っ！」

ローナがよくわからないまま、ぱちぱちと拍手をする。

「じゃ、まずはなんの屋台を出すか決めないとね」

「はいはい！　それなら、私に考えがあって！」

と、ローナが手をあげて、スケッチブックにさらさらと絵を描いた。

「こんな感じの屋台を作りたいなって！」

「ふーん、どれどれ？」

コノハがスケッチブックを確認する。

そこに描かれていたのは――。


――〝闇〟だった。


ぶくぶくぶくぶくぶく……と。

黒く泡立っている宇宙的な〝なにか〟が皿に盛られ、コップにも黒く泡立っている名状しがたい液体がなみなみと注がれている。

それを無心に頬張っている人々が浮かべているのは、うつろな笑顔、笑顔、笑顔……。

「これは……邪神崇拝の宴かな？」

「？　キャビアの屋台の絵ですが」

「あ、あー、なるほど。キャビアの屋台ね」

「はい！」

「……いや、どういうこと？　なんでこの人たち、キャビアを山盛りで食べてるの？」

「えへへ！　チート食材のキャビアを使えば、それだけでたくさん売れるみたいなので！　あと単品価格を9999シルにして、〝こーら〟という飲み物をつけたセットメニューを適正価格にする〝セットメニュー商法〟をやりたいなって！」

「却下」

「えぇっ!?」

インターネットには、これが屋台コンテストの必勝法だと書いてあったのだが。

「ど、どうしよう。キャビアがダメだと、他にはなにも考えてない……」

「むしろ、なんで真っ先に思いついたのがキャビアなの？」

「えっと、神様からのお告げがあった、みたいな？」

「……邪神の眷属である疑いあり、と」

「？」

「あーいや、うん。とりあえず、まだ5日あるしさ。データを集めるとこから始めよっか」

「そ、そうですね……」

　というわけで。

　ひとまず近くの屋台で買ってきた料理を食べてみることにした。

　串焼き肉、レインボーキャンディー、肉まんじゅう、豆クッキー、焼きマッシュルーム……。

「わぁ、どれもおいしい……」

「まー、力入ってるよね。もう屋台コンテストで売るものを売ってるんだろうし」

「え？　まだコンテストまで5日はありますよね？」

「コンテスト前に、客の反応を確かめてるんだよ。それに、反応がよければ口コミで屋台の情報があらかじめ広まるしね」

「そ、そこまでするんですね」

「そりゃ、けっこうガチなコンテストだしねー。商品開発に、仕入れに、出店スペースの交渉に、宣伝に……って、商人としての総合力が求められるから、優勝すれば商人としての名前を売れるし」

「な、なるほど」

　賞金額からしても、それなりに大きなコンテストだとは思っていたが……。

　インターネットに『キャビア使うだけで楽に優勝できるんだがｗ』とたくさん書いてあったので、

少し甘く見ていたのかもしれない。

「というか……もしかして、私たちってかなり出遅れてます？」

「ま、大丈夫でしょ、ローナがいれば」

「え？　私ですか？」

「たとえば、ローナの時間を止めて亜空間に収納できる力――あれだけでも、かなり優位に立てるよ。傷みやすい食材なんかは、みんなコンテスト直前に一斉に仕入れるから入手困難になるけど……ローナのその力があれば、今からでも仕入れることができるわけだし。それに、あらかじめ料理を作った状態で収納しておけば、提供時間をかなり短縮して回転率を上げられるでしょ？　他にも――」

と、コノハがアイテムボックスの活用法を次々とあげていく。

商人ならではの視点というか、ローナには思いつかなかった考えばかりだ。

思わず、ほへぇと感心してしまう。

「すごいですね！　こんないろいろ使い方を思いつくなんて！　コノハちゃんがいれば、本当に勝てる気がしてきました！」

「いやまー、これに関しては、ローナの収納能力がチートすぎるだけなんだけどね……これありで負けるほうが恥ずかしいっていうか」

と、ローナの不安も払拭されたところで。

「で、なんの屋台を出すかって話に戻すけど……ま、王道なとこだとサンドウィッチかな？」

「えっ、サンドウィッチって爆発するんじゃ」

「うん。ちょっと、そのサンドウィッチは知らないかもしれない」

そんなこんなで、しばらく屋台で出すものを考えてみたが、なかなか決まらず。

そこでふと、ローナは思いついた。

（あっ、そうだ！　神様たちの食べ物を屋台で売るっていうのはいいかも！）

以前に作った〝まよねぇず〟も港町アクアスで好評だったし、神々の食べ物を再現するというのは、いい考えかもしれない。

少なくとも他の屋台では食べられないものにはなるだろう。

（えっと、神様たちが屋台で作っている食べ物は……わっ、すごい数出てきた！）

さっそくインターネットで調べてみると。

検索結果に表示されたのは、聞いたことのない屋台グルメの数々。

（たこやき？　やきそば？　かき氷？　どれも聞いたことがないけど……すごくおいしそう！　これをマネすればかなり人気になるかも！　えへへ、こういうのを〝パクる〟って言うんだよね！）

というわけで、さっそくコノハに相談してみた。

さすがに、神々の食べ物とは言えないので、〝異国の食べ物〟という説明をしたが。

「ふーん、〝たこやき〟に〝やきそば〟？　あたしのデータにない食べ物だな……ただ、異国の食べ物を作ろうっていうのは面白いかもね。実物を見ないと再現が難しそうだけど」

「実物……あっ、それなら」

と、ローナがインターネットのプライベートモードを解除して、コノハに画像を見せた。

インターネットは、あまり他人には見せないようにしていたが。

（ま、いっか！）

最近はもう、いろいろな人にインターネット画面を見せているし。

そもそも、『インターネット＝神々の書架』ということさえ知られなければ問題もないわけだし。

それに、インターネットに神々の言葉が書いてあると周りに言いふらしたところで、荒唐無稽すぎて信じてもらえないだろう。

というわけで。

「実物はこんな感じです。こっちが〝たこやき〟で、こっちが〝やきそば〟で……あっ、レシピもここに書いてありますね」

「待って待って待って……とんでもないもの見せつけながら、普通に話を進めないで。えっ、なにこれ？　もしかして、ローナのスキル？」

「あ、はい。〝インターネット〟っていう古今東西の書物を読めるスキルです」

とりあえず、『神々の』という部分を省いて説明してみたが、それでも。

「…………」

コノハをぴしりと硬直させるには、充分な情報だった。

情報系のスキルというのはたしかにあるが……これは、あまりにも規格外すぎる。

やたら鮮明な写真がいくつも出てくるし、あきらかに『古今東西の書物』というレベルでもないし。

（……こ、これがローナ・ハーミットの秘密？　なんか、すごいあっさり見せてきたけど……いやいやいや、やばくない？　商人が持ってたら、それだけで商売無双できちゃうし……こんなのもう、スパイいらないじゃん）

もしも、どこかの国がローナのスキルを利用すれば――。

世界の覇権なんて簡単に握れてしまうだろう。

さらに、ローナには亜空間に物を収納するスキルや、空を飛ぶスキルや、単騎で国を滅ぼせるようなステータスもあるのだ。

もしも、この情報が世界に知られたら、ローナ・ハーミットの保有をめぐって世界大戦が起きかねない。

コノハは一応、ローナの秘密を探るために近づいたわけだが……。

「こ……こ……」

「こ？」

「こ、こんなやばい秘密を、人にぽんぽん見せちゃダメでしょうが～っ！」

「え、えっと、ごめんなさい……？」

なにはともあれ。

コノハは、こほんと咳払いをして気を取り直した。

今はいろいろ考えず、とにかく屋台コンテストに集中しよう。そうしよう。

というわけで。

「とりあえず、これを見ればレシピもわかるんだっけ？」

「あっ、はい。えっと、たとえばこの〝たこやき〟の丸い部分は、小麦粉や卵があればできるみたいですね。それで、この黒いソースは……トマト、ニンジン、ニンニク、タマネギ、セロリ、リンゴ、生姜、唐辛子、シナモン、ナツメグ、クローブ、セージ、タイム、クミン、カルダモン、ローリエ、しょーゆ、砂糖、塩、酢を煮つめて、濾《こ》して、さらに煮つめてできた〝ウスターソース〟というものに、ケチャップと砂糖と魚の出汁を加えると作れるそうです！」

「……無理じゃん」

「で、ですね」

「うーん、再現できたとしても……これじゃあ、コスト的にキツいかなぁ。もはや宮廷晩餐会とかで出されるようなレベルだし。もっと簡単に作れそうなものはある？」

「えっと、それなら……あっ、この〝かき氷〟なんていいかもしれません！」

「かきごーり？」

「えっと、こんな感じで……氷を雪みたいにふわふわに削って、果汁系のシロップをかけて食べるスイーツみたいです」

と、コノハに〝かき氷〟の画像を見せてみる。

氷ならばプチアイスで簡単に作れるし、シロップも砂糖やフルーツがあればできる。

それに見た目も綺麗でわかりやすいし、なにも知らない人たちからすると、〝たこやき〟や〝やきそば〟よりも取っつきやすそうだ。

「へぇ……いや、氷を削って食べるってのは面白い発想だよ！　こういう冷たいスイーツって今までありそうでなかったし！　コンテスト当日は人混みができるだろうから、こういう冷たいものは需要もあるはず！　魔法で氷を作れば原価もけっこう安く済むだろうし……うん、これはいけるかも！」

と、コノハからも好感触を得られたところで。

ローナたちの屋台で出すものは、ひとまず〝かき氷〟に決定した。

「じゃあ、そうと決まれば、さっそく試作してみよっか。あっ、この氷の上にかけるシロップってレシピある？」

「えっと、このシロップは……〝果糖ブドウ糖液糖〟と〝クエン酸〟と〝青色1号〟と〝黄色4号〟と〝香料〟があればできるそうです！」

「な、なに、そのナントカ1号とかって」

「たぶん人造人間です！」

「うん、ちょっと再現できそうにないかな……ひとまずジャムを薄めて代用してみるか」

というわけで。

杖なしプチアイスで作った氷を袋につめて、ローナの拳でがんがんと粉砕し、清涼感のあるガラスの器にイン。その氷の上に、ジャムを水で溶いたものをかけて、アイテムボックスに入っていたイプルの実などを〝映える〟感じにトッピングすれば完成だ。

というわけで――いざ、実食。

「「いただきま～す！」」

細かく砕かれた氷を、ローナたちはスプーンですくって口に運んでみる。

見た目としては、ジャムをのせた氷でしかないが、はたしてそのお味は――。

「「こ、これは……っ」」

ローナたちは思わず、顔を見合わせて頷き合った。

「「――ジャムをのせた氷だ！」」

なんか普通にジャムをのせた氷だった。

「……氷、かったいなぁ」

「……ふわふわになる予定だったんですが」

うぐぐ、とうなる2人。

「ん～……ま－でも、路線としては悪くなさそうかも？　シロップがもっと甘くなれば……」

「あっ、『冷たいと味覚が甘みを感じにくくなる』って書いてありますね」

「へぇ。たしかに、常温でしか味見してなかったしね」

そんなこんなで。

氷をさらに細かく砕いたり、シロップに甘みをつけたり……と。

いろいろ試作してみること、しばし。

「あっ、今度のはおいしいです！」

「へぇ！　氷の大きさで、けっこう変わるもんだね！　これはいけるかも！」

「なんだか楽しくなってきましたね！　次は氷にキャビアをかけてみましょう！」

「……キャビアへのその絶対の自信なんなの？」

そんなこんなで、試作も順調に進んでいき――。

「あとは専用の削り器があればって感じですね」

「う－ん、祭りの時期だし、王都の鍛冶師はみんな忙しいだろうなぁ」

「あっ！　それなら、鍛冶師の知り合いがいるので頼んでみますね！　フルーツも知り合いのところから仕入れられるかもしれません！」

「へぇ？　それじゃあ、その辺りはローナに任せるね。あたしは出店スペースと備品レンタルの手続きをしてくるから」

「はい！　じゃあ、さっそく行ってきますね！」

ローナはそう言うなり、ぴょんっと宿の窓から飛び降りた。

「へ？」

慌ててコノハが窓枠に飛びつくと。

ちょうど外に飛び降りたローナが、光に包まれて消えるところであり――。

「……も、もしかして、転移した？」

ありえない。

そんなスキルが実在するなんて、コノハのデータにはない。

ただ、ローナなら普通に転移ぐらいはしそうでもあり……。

（こ、こんなのどう報告すればいいのぉ～っ!?）

次から次へと出し惜しみせずに見せつけられる国家機密以上にやばい情報に、コノハは無言で頭を抱えるのだった。

第5話　屋台コンテストの準備をしてみた

ローナたちが〝かき氷〟の試作をしていた頃。

港町アクアスでは、冒険者ギルドマスターのアリエスが海の彼方を眺めていた。

（ローナちゃん、そろそろ王都についたかしら？）

爽やかな潮風に髪を遊ばせながら、アリエスがふふっと微笑む。

頭に思い浮かんでくるのは、やはり、つい昨日までこの町にいた少女のことだ。

ふらりと現れたかと思えば、不思議な言動をくり返しながら、あっさりとこの町を救ってくれた少女。

アリエスの友人にして――恩人だ。

（ローナちゃんがいなくなったのは寂しいけど、ローナちゃんに頼ってばかりじゃいられないしね。わたしも頑張らないと）

やるべきことはたくさんあるが、今は忙しくても充実していた。

頑張れば頑張るほど、町が活気づいていくのがわかるから。

（次に会えるのはいつになるかわからないけど……ローナちゃんが帰ってきたときにびっくりするぐらい、この町を盛り上げないと！）

アリエスがそう決意を新たにしていたところで。

ぱぁぁあっ！　と、アリエスの眼前で光の柱が立ちのぼり――。

「――あっ、アリエスさん！　こんにちは～っ！」

光の中からいきなり現れたローナが、元気よく挨拶をしてきた。

なんか、めちゃくちゃ普通に帰ってきた。

「…………」

「アリエスさん？　どうしたんですか、頭を抱えて……もしかして、どこか怪我を？　え、えっと、プチヒール！」

「い、いいえ、大丈夫よ。だから、天から神聖な光の柱を降りそそがせるのやめて。騒ぎになるから」

「はい」

ローナがきょとんとしながら頷く。

いつも通りの、なにをするかわからないローナがそこにいた。

（え、ええ……？　なんか、めちゃくちゃ普通に帰ってきたんだけど。いえ、たしかにローナちゃんは当たり前のように瞬間移動とかしてたけど……昨日、わりと感動的なお別れをしたばかりよね？　えっ、あの流れで帰ってくる？）

ちなみに、ローナも昨日までは『気まずいから時間をあけて帰ろう』と考えていたのだが……。

もう普通に忘れていた。

「それで、どうかしたの？　王都行きの船が沈没したとか？」

「いえ、船の沈没は回避できたんですが」

「……当たり前のように沈没しそうになってるじゃん」

「今回はちょっと、ドワーゴさんに用があって。ドワーゴさんは今、お店にいますか？」

「ええ、いると思うけど」

「そうですか！　ありがとうございます！」

こうして、ローナはアリエスと別れると。

さっそく、ドワーゴの武具屋へとやって来た。

カンカンカンッ！　と、金属を叩く音と、炉の熱気が店の外まで漏れてくる。

あいかわらず元気に鍛冶をしているらしい。

「ドワーゴさん、こんにちは～！」

「ああん？　誰だ、この忙し――どわっほい!?」

「どわっほい？」

鍛冶場から不機嫌そうに出てきたドワーフが、ローナを見るなり飛び上がる。

「いや、あれ……ローナの嬢ちゃんか？　王都に行ってたはずじゃ……」

「はい、王都に行きました！　これ、お土産です！」

「お、おう」

目をぱちくりさせながら金塊カステラを受け取るドワーゴ。

「で、なんの用だ？」

「あの、ちょっと作ってほしいものがあるんですが」

「……はぁ。ったく、仕方ねぇなぁ。嬢ちゃんにはいろいろ恩もあるしな」

ドワーゴがふっと笑う。

「で、なにを作ればいいんだ？　嬢ちゃんのためなら、なんでも作ってやー―」

「えっと、なんかこう……くるくるってすると、がりがりがりってなって、ふわふわ～って雪ができるものを作ってください！」

「……その願いは、オレの力を超えている」

ダメだった。

「いや、完成形の絵とか図面とか、そういうのはないのか？」

「図面？　うーん、検索すれば出てくるかなぁ……『かき氷機　自作』……『かき氷機　図面』

……あっ、こういうのかな？」

さっそくインターネットでいくつか画像を探して、ドワーゴに見せてみる。

「えっと、図面っていうのは、こういうのですか？　あとは〝かき氷機〟の完成形の写真がこっちで、これで作れる〝かき氷〟というのがこういう感じで」

「…………」

ローナが説明するが、すでにドワーゴの耳には入っていなかった。

（な、なんだ、この精巧な図面は……こんなの簡単に見せていいもんじゃねぇだろ……商会や職人組合が金庫にしまっとくようなものじゃねぇのか？　それに、なんだこの素材は？　金属をただ塗装してるだけか？　いや、だが……）

インターネットの画像――それがなんなのかドワーゴには理解ができなかった。

あまりにも衝撃的だった。

……自分には作れない。

一瞬、そう考えてしまったが。

「あ、あの、できないようなら無理しなくても大丈……」

「――できらぁ！」

「わっ」

――敗北感。

それが、かえってドワーゴの職人魂に火をつけた。

この〝かき氷機〟を作ったとき、自分は職人として数段成長することができるだろう。

また、こんな図面は本来、簡単に見せられるものではないはずだ。

恩人である少女が、自分を信頼して見せてくれた。

ならば、職人のプライドにかけて、その期待に応えなければならない。

「3日後にまたここに来い……本物の〝かき氷機〟を見せてやる」

「あ、はい」

「あと……この図面は、ここに置いていってもらうことはできるか？」

「えっと、やったことはないですが……あっ、できた」

どうやら、インターネット画面は自分の近くになくても問題はないらしい。

というわけで、インターネット画面をいくつか店に置いて、ローナは外に出た。

（よし、これで〝かき氷機〟についてはなんとかなりそうだね！）

ドワーゴができると言ったからには、大丈夫だろう。

これで、課題のひとつをクリアしたところで。

残る課題は――フルーツの仕入れだ。

かき氷のシロップや盛りつけには、たくさんフルーツが必要になるが。

しかし、仕入れのあてはある。

というわけで、ローナは次にエルフの隠れ里へと転移した。

「ふむ、なるほど。〝かき氷〟という神々の料理を作るのに、フルーツが必要なのだな」

「〝おけぴ〟です！　それなら必要なだけ持っていってください！」

さっそく、エルフの女王とエルナに話をしてみると、あっさりと色よい返事がもらえた。

話が早いのは、ローナとしても助かるのだが。

「いいんですか、そんな簡単に？」

「うむ。ここのところ、ザリチェが〝ローナ式農法〟の実験といって大量生産しているからな」

「それに最近は、海底王国アトランから〝しーふーど〟もいっぱいもらったので、フルーツは森の獣たちに分け与えていたぐらいで」

「それならよかったです」

「必要な量を言ってくれれば、とりま秒でザリチェに『送ちょ』と伝えよう」

（？　なに言ってるんだろう？）

というわけで。

コノハが試算したフルーツの必要量を教えると。

「そんな量で大丈夫か？」

「もっと持っていってください！」

と、さらに大量にフルーツをもらえることになった。

「ただ、代わりと言ってはなんだが、その……〝かき氷〟という神々の食べ物ができたのなら、少し分けてほしいのだが」

「わたしも〝かき氷〟っていうの、食べてみたいです！」

少しよだれを垂らすエルフの母娘。

やけにあっさりとフルーツをくれたが、わりとそれが目当てだったのかもしれない。

「もちろんいいですよ！　それじゃあ、〝かき氷〟ができたら持ってきますね！」

「ふっ、〝かたじけパーリナイ〟……」

「こういうときは〝あざまる水産〟ですよ、お母様！」

「？　あっ、そうだ、神々の食べ物といえば――」

ローナはアイテムボックスから、白いものが入った瓶を取り出した。

「む、それは？」

「これは〝まよねぇず〟という神々の主食です！　野菜につけるとおいしいですよ！」

「――神々の主食っ!?」

「あっ、これは〝まよねぇず〟のレシピです！　卵がない場合、〝豆乳〟っていうのを使っても作れるそうです！」

「――っ!?」

レシピとともに〝まよねぇず〟をわたすと、エルフの女王が震える手で受け取った。

このとき、ローナはまだ軽く考えていた。

神への信仰心が高い種族――エルフ。

そんな彼女たちが神々の食べ物を手にするということの重大さを……。

「な、なんと、〝やばたにえん〟なものを……」

「やばたにえん？」

「……この〝まよねぇず〟は、エルフ族の秘宝として大切に祀らせていただこう」

「いえ、2週間以内に食べてくださいね？」

「つまり、2週間ごとに〝まよねぇず〟を作って神々へと捧げればいいのですね」

「うーん……まあ、それなら問題ないですね！」

「いぇあ！」

「〝まじ卍〟です！」

「陛下ぁ、ザリチェですわぁ。言われた通り、フルーツを持ってき――」

「おおっ、ザリチェよ！　よいところに来たな！　今から祭壇にこの〝まよねぇず〟を祀るぞ！」

そして、今日をもって、この日を〝まよねぇず記念日〟とする！」

「な、なんですの、この状況!?　まさか、あの小娘がまた変なことを吹きこんで――!?」

そんなこんなで。

フルーツの仕入れも問題なく済み、ローナは王都へと戻った。

ちなみにその後、〝まよねぇず〟はエルフたちの間で大ヒットし、エルフたちが〝まよねぇず〟なしでは生きていけない体になるのだが……それはまた別のお話。

◇

フルーツの仕入れを済ませたあと、ローナは王都にいるコノハと合流した。

「とりあえず、かき氷機は2日で作ってもらえるそうです！　それとフルーツもたくさんもらってきました！」

「早っ!?」

「あっ、フルーツはここに出しちゃいますね」

ローナがそう言うが早いか、虚空からどさどさ出てくるフルーツ。

それを見て、コノハはいろいろあきらめた顔をする。

「あいかわらず、チートだなぁ。しかも、なにこの量と品質。どこで仕入れたの？」

「エルフの隠れ里です」

「……頭痛くなってきた」

「だ、大丈夫ですか？　エルフの秘薬飲みますか？」

「……やめて。症状が悪化しそうだから」

そんなこんなで、コノハにフルーツの確認をしてもらったが、全て問題はなしとのこと。

「むしろ、品質よすぎてシロップにしちゃうのもったいない気もするけど」

「たしかに、そのまま食べてもおいしそうですね」

「ま、とくに質がよさそうなやつはトッピング用にするか」

そうして、フルーツの仕分けをしたあと。

「あっ、そうだ。あたしのほうも、ローナがいない間に、いろいろ手続きを進めといたよ。出店スペースも決まったから、さっそく見に行ってみる？」

「はい！」

というわけで、ローナはわくわくしながら自分たちの出店スペースに向かい――。

「ふわぁ……ここが私たちの出店スペース！」

ローナはそのスペースを見て、思わず声を上げた。

他の屋台から、だいぶ離れた場所にぽつんとある空き地。

なんとなく薄暗いし、雑草も生え放題であり――。

「……ここが私たちの……出店スペース」

「うん」

「…………………」

「い、いや、他の屋台が近くにないほうが、のびのびスペースを使えるじゃん？　大繁盛させるなら、やっぱりスペースは広いほうがいいよね！」

「た、たしかに。すごいですね、そこまで考えてたなんて」

「……ま、いい場所がもう残ってなかっただけだけど」

「え？」

「ん～ん、なんでもない♪」

いい笑顔でごまかされた。

「まー、雑草は抜けばいいとして……問題はどうやって客を呼ぶかだよね。あとは昼間に日陰できて薄暗くなるのもなんとかしないと。これじゃあメニュー表も読みにくいし、かき氷もおいしそうに見えなくなるし……照明もレンタルしないとかなぁ」

「あっ、それなんですけど、私にちょっと考えがあって――」

ローナが先ほど思いついた〝秘策〟を、コノハに話してみると。

「うん……いいよ、それ！　たしかに、それなら宣伝も照明もなんとかなるかも！」

「それと〝すてま〟と〝さくられびゅー〟をたくさんすると、お客さんが増えるそうです！」

「……なんて？」

そんなこんなで、〝すてま〟と〝さくられびゅー〟については却下されたが。

宣伝や照明についての問題は、ローナの〝秘策〟で解決の目処が立ち。

それからしばらくすると、コノハが注文していたレンタルの備品や資材が運びこまれてきた。

「んじゃ、組み立て用の資材も運ばれてきたし、さっそく屋台を作ろっか」

「はい！」

「「──了解道中膝栗毛ぇぇぇッ!!」」

こうして、ローナとコノハとエルフたちは屋台作りを開始し──。

「……うん、待って」

「はい？」

「なんかさりげなく交ざってきたけど、誰この人たち？」

「エルフの人たちです！　私が困ってると、どこからともなく現れるんですよ！」

「ふふふ……そう、我らはいつもローナ殿を見守っている」

「ローナ殿の側《そば》でエルフをひとり見かけたら、１００人いると思え」

「衛兵さん、ストーカーです」

なにはともあれ、人手も増え。

コノハの指示のもと、ローナが殺刀・斬一文字でくるくる回転しながら雑草を刈り、木材の扱いに長けているエルフたちが、ひょいひょいと屋台を組み立てていき——。

「「「くくく……話は聞かせていただきました」」」


「うわ、なんかまた変なのがわいてきた」

その翌日には、とくに召喚していないのに、黒ローブ集団がやって来た。

最近、〝まよねぇず〟作りを通してローナと仲良くなった、黄昏の邪竜教団の六魔司教たちだ。

「……我らをお使いください、神よ」

「……エルフごときには負けられん」

「わぁ、ありがとうございます！　えっと、今は……この絵みたいな屋台を作ろうと思っていまして。あっ、これはキャビアの屋台の絵なんですが」

「……こ、これは……邪竜崇拝の宴!?」

「……なるほど、ついに来るのですね……闇の時代がッ！」

「い、いや、この人たち大丈夫なの？　なんか、『世界征服をたくらんでる邪教団の幹部たち』みたいな空気出してるけど」

「？　親切な人たちですよ？」

というわけで、黒ローブの人たちにはシロップ作りを担当してもらうことに。

「「「…………くくく」」」

エプロン姿の怪しげな集団が大鍋をかき混ぜる光景に、側を通りかかった人々が、ぎょっとしたように二度見していく。

それから、さらに翌日――。

「ローナの嬢ちゃん、屋台コンテストに出るんだってな！」
「おれたちも協力するぞ！」
「食器は足りてるか？　椅子や机も必要なら、うちのを貸してやるぞ！」

「わぁ、ありがとうございます！」

船で知り合った商人たちも手伝いにきてくれて、さらに大所帯となった。

「いやぁ……ローナの人望すっごいなぁ」
「えへへ、みんなで屋台作りをするのって楽しいですね！」
「ま……あたしはいつもひとりだったから、ちょっと新鮮かな。こういうの」

ローナに笑いかけられ、コノハもつられて笑ってしまう。

そのことに、コノハ自身が少し驚いた。

（あ、あれ？　あたし……今、普通に笑ってた？）

屋台コンテストに参加したのは、スパイとしてローナの情報を得るためだったはずなのに。

商売なんて、あくまでスパイ活動のための手段でしかないはずなのに。

気づけば、普通に楽しんでしまっている自分がいた。

ローナの言動は予測がつかなくて、次になにをするのか見てみたいと思ってしまって……。

しかし、そんな思考を現実に引き戻すように。

（――っ！）

鞄に忍ばせていた通信水晶が、ぶるるっと小刻みに震えだした。

コノハの顔が、さぁっと青ざめる。

（あっ、定時連絡、忘れて……やばいやばいやばい!?　もうこんな時間じゃん!?　思いっきり忘れてた！　どどど、どうしよう!?）

声を出せないときも、定期的に信号を送るのが鉄則だ。

それを、ただ忘れたなんて……スパイとしてありえない失態だった。

大切なスパイの仕事を忘れるほど、自分は屋台作りに没頭していたらしい。

「どうかしましたか、コノハちゃん？　顔色が悪いですが……」

「え、いや……なんでもないよ、にははは」

だらだらと冷や汗を流しているコノハを、ローナが心配そうに見てくる。

（……監視対象――ローナ・ハーミット）

彼女について報告できることは……たくさんある。

これ以上、屋台コンテストに付き合わずとも、すでに報告できるだけの情報は充分に集まっている。

ローナも持っているスキルも、ステータスも、人脈も……。

彼女はコノハを信頼して、たくさん手の内を見せてくれた。

これはスパイとして大きな手柄だ。これほどの成果があれば、情報収集のための使い捨ての道具からも卒業できるかもしれない。

それは、ずっと求めていたことで。

コノハはずっとそのために頑張ってきて。

それなのに、通信に出ることを——ためらった。

(な、なにしてるの、あたし……早く通信に出ないと)

そう迷っている間にも。

「あれ、コノハちゃん？　なにか音が……あっ、もしかして！」

(——っ！　しまった！)

通信水晶が振動している音に、ローナも気づいたらしい。

(だ、大丈夫。落ち着こう。これで、スパイだとバレるわけもないし……)

「――もしかして、スパイとしての定時連絡の時間ですか！」


「え？」

「え？」

ローナの何気ない一言で、時間が凍りついた。

コノハがぎぎぎっと首を動かし、なぜか目をキラキラさせているローナを見る。

「え、えっと、ローナ……今、〝スパイ〟って言ったのかな？」

「？　はい。コノハちゃんは帝国のスパイなので忙しいのかなぁ、と」

「…………」

どうやら、聞き間違いではなかったらしい。

コノハは、ふっと目を閉じると。

（――ば……バレてたぁあああっ!?　なんでぇええっ!?）

心の中で絶叫した。

なんか、めちゃくちゃ普通にバレていた。

――バレたら自害。

そんな言葉が脳裏に浮かび、コノハの全身から冷や汗がどばぁっと出てくる。

「い、いや、あの……いつから？　いつから、あたしのこと知ってたの？」

「えっと、たぶん1週間ぐらい前からですかね」

(会う前から!?)

「あっ、いえ！　〝ぷらいばしー〟もあるので、自分から調べたわけじゃないですよ！　ただ、前に掲示板でコノハちゃんのことが話題になってて」

(公共の場で話題に!?)

「あと、コノハちゃんは人気者なので、顔の絵画なんかもたくさん見かけますし」

(人相書きがたくさん!?)

「王都ではコノハちゃん関連のイベントが多いとも聞いていたので……会えたら友達になれないかなと、ちょっと思ってまして。えへへ」

(イベント!?　なにその、アイドル扱い!?)

コノハは、がっくりと地面に両手をついた。

(も、もしかして、あたしってスパイに向いてない……？)

最近、ローナの監視をしていたせいで自信が砕かれかけていたが。

これがとどめの一撃となった。

いや、それよりも気になることは。

「でも、知ってたなら、なんで……あたしをそんなに信頼してくれたの？」

それが、どうしてもわからなかった。

ローナはコノハを信頼して、自分の情報をたくさん見せてくれたのだ。

「あたしがスパイだって知ってたんでしょ？　それなのに、なんで……」

……わからない。なにもわからない。

それに対する答えは、コノハのデータにはなくて。

今までの監視対象にも、そんな人間はいなくて。

それなのに。

「え？　だって──」

ローナはなんでもないことのように、あっさりと答えた。

「──『この世界の美少女はみんな、なんだかんだで善人』って、インターネットに書いてあったので！」

「…………」

世界の真理であった。

ただ、そこは『友達なので！』とか言ってほしかったなぁ、と思うコノハであった。

「それに、スパイってかっこいいですよね！　国のために悪者をやっつけるヒーローなんですよね！　最近、流行ってますよね！」

「え、いやぁ……それは、どうなんだろ」

「えへへ、お友達がスパイだなんて、みんなに自慢できますね！」

「…………くっ」

「？　コノハちゃん？」

「ぷっ……ははははっ！　ほんっと、ローナってバカだよね！」

「え？　え？」

「友達がスパイだと自慢って！　もうどこからツッコめばいいか！」

コノハのことをスパイだと知りながら、なにも考えずに友達扱いをしてくるローナを見ていると
……なんだか、自分の悩みが全てバカみたいに思えてきて。

思わず、笑いがこみ上げてきた。

「でも……うん！　なんか元気出てきた！」

コノハはひとしきり笑うと、目尻をぬぐった。

「あっ、そういえば、通信には出なくていいんですか？」

「ん？　あー、大丈夫大丈夫。もうスパイはやめたからさ」

「え？」

コノハは鞄から通信水晶を取り出すと、「どっせーい！」と地面に叩きつけた。

それから、目を点にしているローナに向けて、内緒話をするように唇に指を当てる。

「実はあたし、元スパイなんだ。これ、内緒ね？」

「は……はいっ！　あっ、でも……女友達同士の内緒話は、むしろ全力で広めるのが常識なんでし

たっけ？」

「それはけっこうガチめにやめてほしい」

なにはともあれ。

（あ〜あ、やっちゃったなぁ……）

コノハは苦笑しながら、砕け散った通信水晶を眺める。

とはいえ、どこか気持ちがすっきりしていた。

もともと愛国心があったわけでもない。

ただ子供のときから、使い捨ての道具《スパイ》として育てられてきただけだ。

個人で国に逆らうことなんてできないし、それ以外の生き方を知らなかったから……せめて待遇をよくするために手柄を立てようと努力していたが。

ローナを見ていたら、なんか全てがどうでもよくなってきた。

どのみち、監視対象に正体がバレたからには、自害するしか道がなかったのだ。

ならば、スパイとしてのコノハは、ここで死んだということでいいだろう。

「ふぅ……よしっ！」

コノハはすっきりしたような顔をすると。

改めて気合いを入れるように、ぱちんと自分の両頰を叩いた。

「んじゃ、絶対に勝つよ——屋台コンテスト！」

「はい！」

こうして、ローナとコノハは、屋台コンテストの準備を再開し――。

「あっ、そういえば、コノハちゃんって……なんの調査をしてたんですか？」

「？　ローナの調査だけど」

「え？　……えぇっ、私の調査!?」

「いや、気づいてなかったんかい！」

第6話　お店を開いてみた

コノハが屋台コンテストに集中するようになったことで、作業スピードは一段と加速した。

「うん、フルーツの量にはかなり余裕があるね……んじゃ、ローナが言ってた〝フルーツ飴〟っていうのも再現してみよっか。〝かき氷〟と購買層も材料もかぶってるし、再現も簡単そうだし、こっちなら〝かき氷〟と違って店先に陳列しやすいから屋台の見栄えもよくなるし……〝かき氷〟のトッピングって形にしても面白そう！」

「なんだか、コノハちゃん生き生きしてますね」

「え？　あー、たしかに商人のほうが性に合ってるのかもね。こっちのが、やってて楽しいしさ」

今まで商人は仮の姿だったと言うが、コノハには商人のほうが向いていたのだろう。

「それより、ローナの〝秘策〟のほうは問題ない？」

「はい！　コノハちゃんの指示通りに、設置を進めています！」

作業に余裕ができたことで、ローナも〝秘策〟の準備のために王都を駆け回る余裕ができた。ちなみに、この〝秘策〟についても、コノハがブラッシュアップしてくれたおかげでいいものになった自信がある。

それから、課題のひとつであった〝かき氷機〟についても。

「おう、ローナの嬢ちゃん。できたぜ、〝かき氷機〟……っ！」

「わーい」

なぜかボロボロになっていたドワーゴから、無事に受け取ることができた。

試しに氷を入れてハンドルを回してみると、ふわふわの雪みたいな氷が落ちてくる。

「わぁっ！　画像で見たのと同じだ！　すごい！　さすがドワーゴさん！」

「……ふ、ふんっ」

ローナが喜んでいる姿を見て、ドワーゴも満更でもなさそうに鼻をこする。

ちなみに、ドワーゴはインターネットのものを作ることが刺激になったらしく。

「ほ、他にも作ってほしいものはないか？　ああいう図面が他にもあるなら見せてほしいんだが……」

と、そわそわしていたので、〝たこやき器〟の図面もわたしておいた。

ドワーゴの力があれば、いつか〝たこやき〟も再現できるかもしれない。

そんなこんなで、時間はあっという間に過ぎ……。

屋台の準備を始めてから5日後——屋台コンテスト当日。

「おお……これが、私たちの屋台！」

「いやぁ、5日でもなんとかなるもんだね。うん」

ローナたちの前には、完成した屋台があった。

急ピッチで作ったとは思えないほど、おしゃれな屋台だ。

店先に陳列されているのは、カラフルな宝石を思わせる〝フルーツ飴〟。

屋台の周りには、オープンテラスのようなテーブルと椅子。

そして、屋台の前には、かわいらしい〝浴衣〟を着ている店員たち（ローナとコノハ）。

「いや……この〝浴衣〟って、あたしまで着る必要あったの？」

「はい！『屋台といえば〝浴衣〟が正装』ってインターネットに書いてありましたしね！」

実際、〝かき氷〟の屋台の画像にも、この〝浴衣〟を着ている人たちがたくさん映っていたし、間違いはないだろう。

ちなみに、〝浴衣〟はなぜか防具屋に普通に売っていたので、いくつか買っておいた。

「たしかに、屋台としての個性は出るかもだけどさ……あたし、こういうの似合うタイプじゃないし……うぅ、目立つ格好って、なんか落ち着かない～」

「うーん、似合ってるのに」

それから残り時間で、屋台の最終チェックをおこなっていく。

「食器の数もよし、椅子やテーブルの配置もよし、掃除もよし……と」

「天気もいいですし絶好の屋台日和ですね！」

「まー、ローナなら雨降ってても天気を変えられそうだけど」

「天気を変える……あっ、なるほど、その手が……」

「その手があるの!?　できるの、天候操作!?」

そんなとりとめのない会話をしている間にも、時間はものすごい勢いで過ぎていき――。

「えっと、屋台コンテストは8時からでしたっけ」

「そそ。1日勝負だから気張ってかないとね」

「うぅ……き、緊張してきました」

「にしし。大丈夫だって、うちには例の〝秘策〟もあるんだし――」

と、話していたところで。


「…………あなたが、ローナ・ハーミット？」


ふと、背後から声が聞こえてきた。

ふり返ると、近くにとめられた馬車から、ぬいぐるみを抱えたお嬢様がおりてくるところだった。

「え？　あの、お客さんですか？　まだ屋台を開く時間では――」

「……ふーん、この飴を売るの？」

「あ、はい」

少女が無感情な瞳で、店先に並べられたフルーツ飴をじぃ～っと見る。

「……いい商品ね。見栄えもいいし、わかりやすい」

「あ、ありがとうございま――」

「……でも、売れないわ」

「え？」

少女がつまらなそうに溜息をつく。

「……商品はしかるべき商人が売らなきゃ売れないの。人が来ない場所で売っても売れないし、暗くておいしく見えなければ売れない。これじゃあ、商品がかわいそう」

と、あどけない見た目のわりに大人びた口調で言ってくる。

「港町アクアスを救った商人が参加するっていうから、視察に来てみたけど……がっかりね」

「？　えっと、あなたも屋台コンテストに？」

「……知らないの？」

きょとんとする少女。

まるで、自分のことを知っているのが当然とばかりの反応だった。

そこで、コノハがちょいちょいとローナの服を引いて、耳打ちしてくる。

「……ローナ、この子はメルチェ・ドールランド。王都一の大商会の――商会長だよ」

「えっ、えぇっ!?」

目の前にいる少女が――商会長。

ローナが驚いて、つい目をぱちぱちさせていると。

そんな様子に、メルチェという少女はローナへの興味をなくしたらしい。

「……情報は商人の基本。どうやら無駄足だったみたいね」

冷めた顔でそれだけ言うと、さっさとその場から去ろうとし――。

「あの」

その背中にローナは呼びかけた。

「楽しみましょうね！　屋台コンテスト！」

「…………え？」

メルチェが少し驚いたように足を止めて、ローナのほうをふり返る。

ただ、それは一瞬のことだった。

「…………バカみたい」

そして、今度こそメルチェは馬車に乗りこんで去っていった。

それから、馬車が見えなくなったところで。

「だはぁっ！　オーラすっご……っ」

やがて、コノハが盛大に息を吐いた。

「いやぁ、ドールランド商会が出るとは聞いてたけど、まさかあの天才少女が出てくるとはね」

「？　そんなに、すごい子なんですか？」

「そりゃま、5歳のときに潰れかけの商店を建て直して、そこから10年足らずで王都随一の大商会にした神童だっていうからね。この屋台コンテストでも何回も優勝してるらしいし」

「ほ、ほへぇ……す、すごい。そんな子に勝てるのかな」

と、少し不安になってくるローナ。

ここのところ、忙しかったし楽しかったしで忘れていたが。

この屋台コンテストには、ローナの借金返済がかかっているのである。

できれば、優勝したいところだったが……。

「いや、なーに言ってんの。うちのローナと比べたら、たいしたことないって。もしローナが敵だったら絶望感しかないし」

「絶望感？」

「あたしはさっき、あの子と対面してみて、ローナなら勝てると思ったよ。だからさ――」

コノハは、ぱしんっとローナの背中を押すように叩いた。

「例の〝秘策〟で、どーんっとかましてこ！」

「……っ！　はい！」

ローナは張り切って頷くと。

今まで〝最小化〟していた全てのインターネット画面を――一斉に開いたのだった。

◇

一方、その頃――。

ローナと別れた天才少女メルチェは、つまらなそうな顔で馬車に揺られていた。

「――メルチェ商会長。このあと午前中に商談の予定が4つ、昼からは財務大臣との会食の予定がありますが……屋台コンテストのほうはいかがされますか？」

「……興味ないわ」

秘書からの問いに、メルチェはぬいぐるみに顔を埋《うず》めながら冷ややかに答える。

「……ライバルになるような屋台なんてなかったし。あとは適当に優勝しておいて」

「はっ」

メルチェはふぅっと溜息をついて、窓の外を見る。

屋台コンテストを前に、通りにいる人々もその話題でもちきりだった。

「今日の屋台コンテスト、どこ行く？」

「んー。とりあえず、いつもみたいにドールランド商会の屋台だろ」

「あそこ、朝から行列がすごいんだってな」

広場にある屋台のほうへと、人々が波となって動いていく。

町はお祭り騒ぎで――だからこそ、その熱気とは反対に、メルチェの表情はどんどん冷めていく。

(……全部、わたしが考えたシナリオ通りね)

そう、すでに売る前から勝負は決まっているのだ。

人脈力・仕入力・交渉力・宣伝力……商人としての総合力を試される屋台コンテストにおいて、メルチェに勝てる者など、この王都にいるはずもない。

全てがメルチェの思い通り。それなのに――。

「…………つまんない」

メルチェは、どこかすねたように呟く。

……いつから、こうなったのだろうか。

最初は、ただ両親を笑顔にしたいだけだった。

実家のドールランド商店は、子供向けの小さなおもちゃ屋だった。

かわいいぬいぐるみ、楽しいおもちゃ、甘いお菓子……。

メルチェはそこで売っているものが大好きだったけど――売れなくて。

家は貧乏で、両親はいつも喧嘩ばかりしていた。

いい商品でも、ちゃんと売らなければ売れない。

そして――売れなければ誰も幸せになれない。

作り手も、売り手も、買い手も、商品も……。

5歳のときにそう悟ったメルチェは、両親に笑顔になってほしくて。

『──ねぇ、パパ』

と、無邪気に父に声をかけた。

『──こうすれば売れるのに、どうしてやらないの？』

商品の選別、コストカット、陳列の工夫、宣伝の仕方……。

メルチェが口出しを始めると、店はどんどん儲かっていった。

最初は売れれば売れるほど、両親も喜んで笑ってくれて。

それが、うれしくて、楽しくて……メルチェは商売が大好きになって。

『──ねぇ、パパ。これからも、わたしがパパの代わりに、いっぱい売ってあげるね！』

もっとお金を稼いだら、もっとみんなが笑顔になってくれると思って。

もっと、もっと、自分も楽しくなれると思って。

『──ねぇ、パパ。ちゃんと売ってあげないと、商品がかわいそうだよ？』

メルチェが口を出すたびに、帳簿の数字はどんどん増えていって。

『──ねぇ、パパ。どうして、こんな簡単なこともできないの？』

いつしか、父が部下になって。優秀な部下がたくさんできて。

優秀じゃない部下《パパ》は隅っこに追いやられて。

『──ねぇ、パパ。これからは大量生産・大量消費の時代が来ると思うの。わたしが考えた新しい分業生産方式の工場をいっぱい作って、パパにもいっぱいお仕事させてあげるね』
いつしか、メルチェは王都随一の商人とまで言われるようになった。
それなのに……メルチェの周りからは、どんどん笑顔が消えていって。
（…………つまんない）
メルチェもいつしか、笑い方を忘れてしまった。
自分の思い通りに、帳簿の数字が増えていっても……。
どうしてか、メルチェの心は冷えきっていくばかりで。
幼い頃、商売に感じたあのわくわくは、もうどこにもなくて。
そんなとき、とある少女の話を聞いたのだ。
自分と同じぐらいの年齢で、滅亡寸前の町を商売の力で救った天才。
自分と同じ――そう思ったのに。
その少女は、商売のことなんて全然知らなくて。
たくさんの人に囲まれて、たくさんの笑顔に囲まれて――。

『――楽しみましょうね！』

そんな言葉をメルチェに投げかけてきた。

（………わからないよ）

そんなこと言われても、わからない。

どうしたら、また商売を好きになれるのかも。

どうしたら、またみんなが笑えるようになるのかも……。

「……っ！」

と、そこで。

ききぃっ！　と、馬車が急に停止した。

「……なにかあったの？」

「いえ、なにやら外が騒ぎになっているようで」

秘書が戸惑ったように、馬車の外の様子を確認している。

それにつられて、メルチェも何気なく窓の外を見て——。

「………え？」

と、思わず目を見開いた。

そのまん丸の瞳に飛びこんできたのは——。

ぱぱぱぱぱぱぱぱぱぱ————っ！

と、町の宙空に次々と浮かび上がってくる、カラフルな光の板の群れ。

そこには、ふわふわの雪のようなお菓子の絵が描かれていて。

キラキラと綺麗な宝石のように、色とりどりに王都を照らしだす。

「な、なんだ!?」

「かき氷？　なにそれ？」

「よくわからないけど……おいしそう！」

人々が立ち止まり、騒ぎだす。

そして――。


『……あー、マイクテス、マイクテス……わっ、もう録音始まってる!?』


その光の板からは、少女の声が聞こえてきた。

『え、えっと、私たち北区で〝かき氷〟ってお菓子の屋台をやっています！　ぜひ、来てくださ い！』

それは、先ほど聞いた少女の声だった。

『あの、正直、私は商売のことはわからなくて……どうすれば売れるのかとか、よくわかってないんですが』

商売の基本もわかっていない素人――そのはずなのに。

『――みんなを笑顔にできる屋台にできたらいいな、って思います！』


その声とともに、道案内するような矢印が浮かび上がり、そして――。

「ママ、あれ食べたい！」

「ねえ、まずあっちに行ってみない？　なんか楽しそうだし！」

「まあ、ドールランド商会の屋台は、何度も行ったしな」

人々の波の向きが――変わる。

メルチェの屋台がある方向とは、逆の方向へと。

それは、メルチェが思い描いたシナリオにはない光景だった。

「…………」

「幻術を使った悪戯でしょうか？　なんと迷惑な……メルチェ商会長はスケジュールがつまっているというのに――」

「……キャンセルして」

「へ？」

「……今日の予定、全部キャンセルして。すぐにわたしの屋台に向かって」

「は、はいっ⁉」

メルチェは、一瞬で計算をした。

あのローナという少女は、油断をして勝てる相手ではない、と。

完全に慢心していた。相手を見誤っていた。

情報が基本だと説いておきながら、自分のほうが実践できていないとは。

このままでは負けるかもしれない。

こんな屋台コンテストの勝ち負けなんて、正直どうでもいいはずなのに……。

「………勝つわ」

どうしてか、メルチェはひさしぶりにわくわくしていた。

◇

「い、いやぁ……これは、思ってた以上かも」

「えへへ、うまくいきましたね！」

一方、ローナたちがいる屋台も、謎の光の板こと——インターネット画面で明るく彩られていた。

画像検索で見つけたかき氷の写真を並べ、お絵描きサイトで作った看板やメニュー表を宙に浮かべ、録音サイトを使って呼びこみや列整理の音声を流し、動画サイトの〝フリー音源〟の音楽を流

す……。

　これは、ローナがいつも見ている〝ネット広告〟から着想を得たものだ。

　そのうえで、コノハが宣伝戦略や広告デザインを考えて、今のような形となった。

　今や、ローナたちの屋台に先ほどまでの薄暗さはない。

　インターネット画面によって屋台やテーブルは華やかに照らし出され、店先に並べられた〝かき氷〟や〝フルーツ飴〟もキラキラと輝いている。

「張り紙と違って場所を選ばないし、カラフルだし、暗いところでも見やすいし……こんなのもう革命だよ。ま、ローナの力がないとできないことだけど」

　と、そんな話をしていたところで。

「かき氷の屋台っていうのは、ここかな？」

「わっ、すごい！　空中にたくさん絵が浮かんでる！」

　さっそく、広告を見たであろう客たちがやって来た。

　その数はどんどん増えていき、開店前から店先に行列ができ始める。

「わ、わっ……まだコンテストの時間前なのに」

「まー、これぐらいの反応はあるでしょ。ただ……目立つだけじゃダメだからね。商売は人目についてようやくスタートライン。ここからは、あたしたちの頑張り次第だよ」

「はい！　楽しんでいきましょう！」

そうして、ローナたちはエプロンのリボンをぎゅっと結ぶと。

屋台コンテスト開始の鐘とともに、店先へと出て――。

「「――いらっしゃいませ！」」

と、声をそろえたのだった。

第7話　みんなで接客してみた

屋台コンテストの開始――。

それと同時に、ローナたちのかき氷屋は、さっそく大盛況となっていた。

王都中にばらまいた広告の効果が絶大だったのだろう。

かき氷屋の前には、ずらぁぁぁ～～……っと、客たちが長い行列を作っていた。

とはいえ、行列ができることは、すでに想定済みだ。

「次の方たち、ご注文をどうぞ～！」

「え、えっと、私はこのかき氷のセットを……」

「じゃあ、わたしも――」

「はい、どうぞ！　はい、どうぞ！　はい、どうぞ！」

「「早っ!?」」

コノハがてきぱきと注文取りと会計をおこない、ローナがアイテムボックスから〝完成したかき氷〟をぽんぽんと出していく。

アイテムボックスに入れておけば時間も止まるため、かき氷みたいなものでも数日前から作り置きが可能なのだ。

そんなこんなで、行列こそ長いものの、猛スピードで列がさばけていき……。

「お、おおっ!?　うまいぞぉおおっ!?」

「こ、こんなの食べたことないわ!?」

「まるで、食の宝石箱よっ!?」

「「「…………ごくっ」」」

テーブルでかき氷を食べる客たちの姿に、ただのぞきに来ただけの人々もふらふらと列に並んでいく。

そして――。

「次の方たち、ご注文をどうぞ～！」

コノハの問いに、並んでいた客たちは一斉に答えた。

「「「――私にも、あの〝キャビアかき氷セット〟を！」」」

「…………ローナ？」

「は、はい」

コノハから迫力のある笑顔を向けられ、ローナがびくっとする。

「なぜかさっきから、あたしの知らない謎メニューが飛ぶように売れてるんだけど……なにか説明はある？」

「ち、違うんです。ちょっとした出来心だったんです」

せっかくだから、攻略サイトの通り、〝チート食材〟キャビアをかけたかき氷をセットメニューで売ってみたら……。

なんか、思っていた10倍ぐらい爆売れしてしまったのだ。

「いや、好評みたいだしいいけどさ……うん、なんで売れるの、これ？　あたしの感覚が間違ってるの？」

「ま、まあ、キャビアはもう在庫がなくなりますし、他のもたくさん売れてますから！」

実際、キャビア以外のかき氷もかなり好評で、キャビアかき氷セットを食べた人たちもまた列に並んでくれていた。

何度も並んでくれた。

何度も、何度も、何度も……。

並んで、並んで、並んで、並んで……。

さらに時間が経つにつれて、口コミで外からも次々と客が押し寄せ。

アイテムボックスにストックしていたかき氷も、すぐに底をつき……。

「――ひ、人手が足りないぃ……っ」

やがて、コノハが目を回しながら悲鳴を上げた。

もはや、屋台というレベルの繁盛具合ではなかった。

エルフたち（耳は魔法で隠している）にも列整理やテーブルの片付けを任せていたが、それでも間に合わない。

そもそも、接客や商売の経験がまともにあるのはコノハだけなので、人手のわりにもたついてしまっているのもあった。

「いや、予想以上っていうか、さすがにあたしのデータにもない繁盛具合だな……今から急いで、接客経験のある人を雇う？　でも、あたしもここから離れられないし……かといって、裏で皿洗いしてる謎の黒ローブ集団は、やたら威圧感あるから使いたくないし……うぅ、こんなことしてる間にも機会損失が……」

「それなら、私が3人分になります！　水分身の舞い！」

「う、うわぁっ!?　ローナが分裂したぁ!?」

いきなり、3人に分裂するローナ。

これは、海底王国アトランで手に入れた〝原初の水着〟の装備スキル【水分身の舞い】の効果だ。

この分身効果は、戦闘をしなければ消えることがないようなので、こういう場面では役に立つだろう。

「まさか、分裂までするなんて……いや、ローナだし分裂ぐらいは普通にしそうか？」

「「私をなんだと思ってるんですか？」」

「とにかく、ローナ！」

「「──はいっ！」」

「あっ、いや……本物のローナ！」

「「──はいっ！」」

ローナ×3はふたたび一斉に頷いてから、顔を見合わせ──。

「「……………あれ、どれが本物の私だっけ？」」

「さ、さらに状況がカオスに……」

そんなこんなで、一瞬だけ混乱したものの。

「じゃあ、こっちのローナAは受付係！　そっちのローナBは注文を取る係！　で、そっちのローナCは裏でかき氷を受け取る係ね！」

「「──はいっ！」」

ローナの数が3倍になったことで効率は格段に上がった。

しかし、まだまだ人手は足りていない。

というわけで。

「召喚――ルルちゃん×2！」

手の空いていたローナ（C）が召喚石を空に掲げると。


「――るっ！　呼んだか、ローナ！」


光とともに、魚のような尻尾を生やした銀髪の少女×2が現れた。

以前に、ローナがガチャで召喚＆複製してしまった水竜族の姫ルル・ル・リエーだ。

「えっと、ちょっとルルちゃんに手伝ってほしいことが――」

「るっ！　ルルに任せるがよし！」

「る？　ルルに任されたんだが？」

「は？　ルルにだし」

「――ルルが任されたんだもん！」

「ああ、自分同士で争いを……っ」

あいかわらず、自分同士だと馬が合わないらしい。

ただ、ローナも分身できるようになったことで、なんとなくその気持ちがわかってきたが。

「い、いや、どっから出てきたの、この子たち？　ていうか、あたしのデータにある〝伝説の水竜族〟みたいな見た目してるけど……」

「あっ、はい！　この子たちは水竜族の姫のルルちゃんです！」

「……!?　……!?」

そんなこんなで。

目を白黒させているコノハを放置して、ローナがルル×2にかき氷を食べさせながら現状説明をすると。

「るっ！　店か！　楽しそう！」

「かき氷うまし！　お礼に手伝ってやる！」

と、乗り気になってくれた。

そういうわけで、さっそくルル×2に〝浴衣〟を着てもらい、接客をしてもらうことに。

「でも大丈夫なの、ローナ？　水竜族の……それもお姫様に、接客なんてできるとは思えないけど」

「あ……たしかに」

仲良くなったため意識していなかったが、ルルたちは地上の常識を知らないうえに王族なのだ。

まともに接客ができなければ、むしろ余計に仕事が増えてしまう可能性すらあるわけで……。

と、ちょっと不安になってきたローナであったが。


「いらっしゃいませ！」「ご注文をどうぞ！」


「きゃあっ！　かわいい～っ！」

「なに、この子たち～っ！」

(だ……誰っ!?)

ルル×2はめちゃくちゃ接客慣れしていた。

というか、いつもはちょっと野生児みたいな口調なのに、めちゃくちゃ普通に敬語で話していた。

てきぱきと接客をこなすルル×2の姿に、ローナは思わず何度も目をこすってしまう。

「え、えっと、ルルちゃん？　王族なのに、なんで接客がうまいんですか？」

「『る？　王族は接客業だぞ？』」

「なるほど」

ひとまず、ルルたちは客受けもいいので、そのまま注文を聞く係をやってもらうことに。

と、そこで。

「おう、ローナの嬢ちゃん！　めちゃくちゃ繁盛してるな！」

「あの広告すごかったぜ！」

「応援に来たぞ！」


屋台の準備を手伝ってくれた商人たちが、差し入れを持って駆けつけてきた。

「「あっ、商人のみなさん！　来てくれたんですね！」」

「うおっ、ローナの嬢ちゃんが増えてる!?」

「いや、ローナちゃんだし分裂ぐらいするだろ」

「たしかに」

なぜか、すぐに納得する商人たち。

「あっ、そうだ。食器が足りなくなると思って、持ってきてやったぜ」

「「わっ、ありがとうございます！　ちょうど食器の数がギリギリで！」」

商人たちは屋台の繁盛具合から、すぐに必要なものを察して用意してくれたらしい。

食器が足りなくなるというのは、繁盛店ではありがちだが致命的な問題だ。

そのため、コノハも食器数にかなり余裕を持たせていたし、『皿洗いが間に合わない』ということがないように皿洗い要員（黒ローブ集団）もちゃんと確保していたのだが……客入りが予想を上回りすぎた。

ローナが食器のお礼にと、商人たちにかき氷をサービスすると。

「！　へぇ、削った氷がこんな味になんのか！」

「屋台の準備のときから、売れるだろうなとは思ってたが……」

「ただの氷から、ここまでのもんになるとはな……ふーむ」

と、なにやら商人としての刺激があったのか、そのまま商売談義を始めてしまった。

「ふぅ……かき氷ありがとな、ローナの嬢ちゃん」

「じゃあ、ちゃんと水分補給するんだぞ。忙しいと忘れがちになるからな」

「たまに様子見に来るから、また足りないもんがあったら言ってくれ！」

「「はいっ！　ありがとうございます！」」

そうして、商人たちと別れたあと。


「――はぁ……はぁ……ローナちゃん、その〝浴衣〟、かわいいネ……♡」


「ん？　このおじさん臭い声は……やっぱり、アリエスさんだ！」

今度は、港町アクアスにいるはずのアリエスがやって来た。

冒険者ギルドマスターにして神官という、なにかと忙しい人のはずだが。

「うふふ♪　忙しくても、娘の晴れ舞台には出ないとね！」

「娘？　あっ、それより、お仕事は大丈――」

「それは聞かないで」

「え？」

「それは聞かないで」

「はい」

いきなり真顔になったアリエスに、それ以上のことを聞けなくなったローナであった。

それから、かき氷を出すと。

「あぁ～、この冷たさと甘さ！　仕事終わりに食べたくなるやつ～！」

と、これまた絶賛してくれた。

なんでも、港町アクアスはいつも日差しが強いので、冷たいものが食べたくなる頻度が多いらしい。

「これ、港町アクアスでも売ってみない？　海とかき氷ってかなり合うと思うのよね……というか、わたしが個人的に毎日食べたい！」

などと言ってきたあたり、かなり気に入ってくれたようだ。

それから、屋台についていろいろ話をしていると。

「――え、人手が足りない？　それなら、わたしも手伝うわ。接客なら慣れてるし」

「いいんですか？　って、慣れてる？」

「ええ。神官もギルドマスターも接客業だから」

「なるほど」

なにはともあれ。

こうして、会計係&クレーム処理係のアリエスが仲間になった。

アリエスの流れる水のようになめらかなクレーム処理によって、屋台周りの平和と秩序が保たれていく。

さらに、そこへ。


「――あれ？　すごい繁盛具合だと思ったら、まさかローナさんの屋台だとは。固定客のいないアウェーの地の商売でも成果を出すだなんて、さすがはローナさんだなぁ」


「あっ、この長文セリフは……やっぱり、ラインハルテさん！」

イフォネの町の元衛兵ラインハルテもやって来た。

ローナにとっては、冒険者についていろいろと教えてくれた恩人だ。

話を聞くと、今は冒険者として王都に来ているらしい。

「へぇ、この〝こーら味〟というのは食べたことない味ですね！　僕、こういう新しいものに目がなくて！　これは、他の味も制覇しなければ！」

かき氷の味に冒険心でもくすぐられたのか、ラインハルテはうきうきと何度も列に並んでいた。

それから、アリエスと同じように屋台の話題になり。

「――え、人手が足りない？　それなら、僕も手伝いましょうか？　接客は慣れているので」

「いいんですか？　って、慣れてる？」

「はい。衛兵って接客業なので」

「なるほど」

全ての職業は、究極的には接客業なのかもしれない。

なにはともあれ、こうして列整理＆警備係のラインハルテが仲間になった。

さっそく彼が配置につくと、列にいた女性陣から、きゃあきゃあと黄色い歓声が上がる。

なんだか、客寄せの効果もありそうだった……肝心の列は乱れまくっていたが。

「あ、そうだ。ローナさん。そういえば、ギルドマスターのエリミナさんも王都に来ていますよ」

「えっ、エリミナさんが!?」

ローナが途端にそわそわしだす。

――焼滅の魔女エリミナ・マナフレイム。

それは、ローナが尊敬するエリート魔女の名だ。

権力に屈しない誇り高さや、聖女のような慈悲深さをかね備えた人物であり、ここ最近は『魔族を倒した英雄』としても名をはせていたが。

「ほら、前にあったイフォネの町の魔族襲撃事件……あのとき魔族を倒した英雄ってことで、国王から褒章授与のために呼ばれたんですよ。というか、僕はその付き添いで来ていまして」

「わぁ、さすがエリミナさんだなぁ」

「……まあ、あの魔族を倒したのはローナさんだと思いますが」

「？」

「それより、この屋台にも来るかもしれませんね。彼女は見栄えがいいスイーツ……最近は〝映える〟スイーツって言うんでしたっけ？　そういうものの写真を撮るのが趣味みたいですし」

「へぇ、そうなんですね！」

さりげなく、ローナのネット用語が、少しずつ世界に広まりつつあった。

なにはともあれ。

（よーし、エリミナさんが来たら、しっかり歓迎しないと！）

と、ローナはむんっと気合いを入れるのだった。

◇

一方、その頃――。

国王からの褒章授与のために呼ばれていたエリミナは、赤髪を颯爽となびかせながら王都の通りを歩いていた。

道行く人々の見惚《みと》れたような視線を浴びながら、エリミナが内心でにやにやする。

（ふぅ……やっぱり、エリートは都会が似合っちゃうのよね。私ぐらいになると、都会のほうから合わせてきちゃうのかしら）

この機会に、長期休暇を取ったのは正解だった。

念のためマナサーチもしてみるが、天をつくようなオーラは見られない。

（ふっ。ここには、ローナ・ハーミットもいないようだし……ひさしぶりに平和でエリートな休暇を過ごせそうね）

と、そこで。

エリミナの目に、行列ができている屋台が目に入ってきた。

（やけに人が多いわね……ん？　なにかしら、この光の板？　かき氷？　学園時代には見なかったけど……エリートたる者、こういう流行についても熟知している必要があるわね……じゅるり）

というわけで、かき氷の屋台にやって来ると。

「「「――あっ、エリミナさん！　こんにちは～っ！」」」

ローナ・ハーミット×3が現れた。

「…………………」

「「エリミナさん？　エリミナさん!?　どこ行くんですか!?」」

エリミナは無言で逃げだした。

（な、なんで!?　マナサーチには引っかからなかったのに!?　というか、なんでローナ・ハーミットが増殖してるの!?）

混乱しながらも、とにかく人のいない方向へと逃げるエリミナ。

しかし、逃げこんだ場所がまずかった。

屋台の裏へと飛びこんだエリミナの目に入ってきたのは――。

「あ……ぁあ……」

「……なんだ、貴様は？」

「……ほぅ、まさか〝焼滅〟か？」

「……くくく」

人智を超えた凄まじいオーラを放っている黒ローブ集団が、皿を洗ったり大鍋をかき混ぜている光景だった。

あきらかに、ローナ・ハーミットが従えている魔族かなにかであった。

（……見てはいけないものを見てしまった）

エリミナの全身から、だらだらと冷や汗が流れ出てくる。

そうしている間にも、後ろからローナ×3が追いついてきて――。

「「「わーいわーい」」」

気づけば、エリミナは笑顔のローナ×3に取り囲まれていた。

さらに、そのローナ×3の周囲には、黒ローブ集団がひざまずき、「……我らが神」とローナを崇めている。

あきらかに、『邪神ローナと愉快な仲間たち（＋その生贄）』みたいな構図であった。

（な……なんで、こうなるのよぉおおっ!?）

もはや、呪いであった。

それから、エリミナは特製かき氷をたらふくごちそうされたあと。

「――人手が足りない？　な、なら、私が手伝いましょうか？　へへへ……」

「わぁっ、ありがとうございます！　えへへ！　ギルドマスターは接客業みたいなものですしね！」

「え？　あ、そうですね……はぃ」

というわけで。

ローナたちのかき氷屋に、エリミナが仲間に加わった。

「い、いらっしゃいませー……うぅ……どうして、私がこんなエリートじゃないことを……ね、ねえ、ちょっと早く注文言ってくれない？」

店員用の〝浴衣〟を着たエリミナが、もじもじしながら男性客を睨む。

さすがに、接客としてはまずい態度かとも思われたが――。

「おおっ！　今度の子もかわいいぞ！」

「エリートっぽさと初々しさの混ざり具合がとてもいい！」

「その嫌そうな目がたまらん！　踏まれたい！」

「な、なに……なんなのっ!?」

なぜか、わらわらと男性客が増え始めた。

「わぁっ！　さすが、エリミナさんだなぁ！」

「……ねぇ、なんか違うお店みたいになってきてない？」

と、コノハが呆れたように顔を引きつらせる。

「てか、ローナの知り合い、みんなキャラ濃いなぁ……あれ？　あたしってわりとキャラ薄い？

いや、スパイだし薄いのは当たり前だし……まだ本気出してないだけだし……」

「？」

コノハがなにか、ぶつぶつ呟いていたが。

とりあえず、人手が増えたことで、にぎやかな屋台となった。

また、ようやくローナにも休憩する余裕ができ――。

（あっ、そうだ）

休憩のために屋台の裏手へと向かう途中。

ローナはふと思い立ってカメラを取り出すと、屋台に向けてぱしゃりとシャッターを切った。

（うん！　いい写真が撮れたね！）

写真を確認してローナが微笑む。

そこには、客も、店員も、みんなが笑っている――そんな楽しそうな屋台が写っていたのだった。

第8話　天才少女と仲良くなってみた

「これにて、屋台コンテスト終了で～す！」

「ありがとうございました！」

夕方、屋台コンテスト終了の鐘とともに。

ローナたちがそう宣言すると、集まっていた客たちから健闘をたたえる拍手が送られた。

「あー、ここまでかぁ」

「おねーちゃん！　かき氷、おいしかった！」

「わたし、この屋台に投票するから！　優勝してね！」

「はい！」

そうして、客もはけていったところで。

「ローナちゃん、楽しかったわ！」

「今度、一緒に依頼を受けましょう！」

「……っ、疲れた」

「『る〜っ！　また呼ぶがいい！』」

「みなさんも、ありがとうございました！」

手伝いに来てくれた人たちも帰っていき……。

先ほどまでにぎやかだった屋台は、一気に静かになった。

「いやぁ……疲れたね」

「はいぃ……」

ローナとコノハが、ぐったりとテーブルに突っ伏す。

慣れない接客仕事＋大繁盛だったので、さすがのローナでも疲れが大きかったのだ。

それに、商人たちに心配されたように水分補給のタイミングがつかめず、ほとんど水を飲まずに働きっぱなしだったせいで、少し喉もかれてしまっていた。

ただ、疲れてはいたものの、それ以上に心地いい充足感もあり――。

「ふぅ、あとは売上をまとめて……」

「結果発表を待つだけですね。なんだか、終わっちゃうのは寂しい気もしますが」

「にはは……同感。あたしも、ひさしぶりに楽しんじゃったよ」

「あとは優勝してたらいいんですが」

「ま、ドールランド商会がどれだけ稼いだかによるよねー。あっちも商会長が陣頭指揮をとって、かなりうまいことやってたみたいだし」

と、ローナたちが話していたところで。

「…………結果なんて、わかりきってるでしょ？」


そんな声とともに、近くにとまった馬車から少女がおりてきた。

ぬいぐるみを抱えたお人形さんみたいな少女。

その姿は、間違いない。

「メルチェちゃん？」

「メルチェ・ドールランド……！」

ちょうど話に出ていた人物。

ライバル屋台を出店した王都一のドールランド商会の神童。

コンテスト開始前に、ローナたちの屋台にダメ出ししてきた少女だ。

「……今日1日、この屋台をずっと監視させていたわ。そのうえで言わせてもらうけど」

「な、なに？　また、なにか小言でも言うつもり？」

と、コノハが少し警戒するが。

メルチェはあいかわらず人形みたいな無表情を崩さずに――。

「……とてもいい屋台だったわ。コンテストの域を超えていた。わたしの完敗よ」

と、抱えていたぬいぐるみの手で、ぽふぽふと拍手を送ってきた。

「え？」

「は、はへ？」

予想していなかった言葉に、ローナとコノハがぽかんとしている中。

メルチェは感情のない瞳で、ローナをじぃぃ～っと見上げてきた。

「……ローナ・ハーミット」

「は、はい」

「……あなたの発想力には何度も驚かされたわ。すごいスキルもあるようだけど、それだけに頼っていなかった……あなたの周りにはたくさんの笑顔があった。わたしが同じ商品を売っても、同じことはできなかったわ。あなたは素晴らしい商人よ」

「あ、ありがとうございます？　でも、あの……私、商人じゃないですよ？」

「……え？」

「え？」

しばらく、メルチェとローナがきょとんと見つめ合い――。

「……まあ、いいわ。それから、あなた」

と、今度はコノハのほうを見る。

「……この屋台の成功は、あなたの戦略性があったからこそ。既存のデータにはない新しいアイディアをうまく商売に昇華させたのは見事だった。今朝、思いこみだけで低く評価したことを謝るわ。

あれは完全にわたしの判断ミスだった」

「す、すごく褒めてくれるじゃん」

「……？　わたしは、いい商人に対して適正な評価をしてるだけ」

「あー、うん。えっと、なんか……」

「この子のことわかってきましたね」

表情に乏しいせいで、冷たい印象があったものの……。

おそらく、子供らしく思ったことを素直に口に出しているだけなのだろう。

ダメだと思えばダメだと言い、いいと思えばいいと言う。

本人からしたら、ただそれだけのことなのかもしれない。

「でも、わざわざそれだけを言いに来たんですか？」

「……いえ、もうひとつ」

と、メルチェが顔を少し赤らめると、もじもじしながら口を開いた。

「…………〝かき氷〟っていうの、まだ残ってる？」

というわけで――。

その後は、メルチェもまじえて、ちょっとした打ち上げをすることになった。

余ったかき氷やフルーツ飴をテーブルに並べ、シロップ作りの最中で生まれた〝炭酸なしこーら〟という飲み物で乾杯する。この〝こーら〟というのは、神々の世界で一番売れているから一番おいしくて、マラソン前に愛飲したくなる飲み物らしい。

「……なるほど。とても興味深い」

メルチェが心なしか目をキラキラさせながら、もきゅもきゅとかき氷を頬張る。

「あの、慌てて食べると頭が痛くなりま――」

「……っ！　～～っ！」

「にはは、遅かったみたいだねー」

メルチェに最初に会ったときは、少しオーラに気圧《けお》されたものの……。

こうしてみると、ローナたちと同年代の少女という感じだった。

「……他のも食べたいわ。一番人気のメニューはどれ？」

「一番人気ですか？　それなら――」

ローナはアイテムボックスから、とあるメニューを取り出す。

あとで食べようと自分用に取っておいたものだ。

「……こ、これは？」

かき氷の上でキラキラと輝いている黒緑の魚卵たち。

その側には〝フルーツ飴〟と〝こーら〟を添えてある。

そう、このメニューの名は――。


「――〝キャビアかき氷セット〟です！」


その名前を聞いた瞬間――。

メルチェは目をまん丸に見開いて、からんとスプーンを取り落とした。

「……こ、こんな商品……わたしには思いつけなかった……っ」

「それが正常だと思う」

そんなこんなで、にぎやかに打ち上げは進み――。

かき氷の器がいくつか空になったところで、メルチェが話を切り出した。

「……それで、この屋台はこれからどうするの？」

「え？　すぐに解体する予定ですが」

「ま、この出店スペースを使っていいのも今日までだしねー」

「……ふーん。なら」

メルチェがぬいぐるみの背中をごそごそとあさって、中から金貨のつまった袋をどんっと取り出した。

「……この屋台を1000万シルで買うわ」

「え、えぇっ!?」

いきなり見せられた大金に目をぱちくりするローナ。

「……？　どうして驚いてるの？　1000万シルなんて子供のおこづかいでしょ？　この屋台の価値に比べたら、むしろ安い気もするわ」

「いや、即金で1000万シルって……さすがドールランド商会」

「き、金銭感覚が違う……」

「ま、まー、とりあえず売っちゃっていいんじゃない？」

「で、ですね。解体するのも、もったいないですし」

なんだかんだで、思い出のある屋台なのだ。

壊してしまうのも気が引けていたし、使ってもらえるのならローナとしてもうれしかった。

「……ん、ありがとう。この屋台の商品は、わたしが責任をもって大切に売るわ。それでローナみたいに……いっぱい、みんなを笑顔にしてみせるから」

メルチェがそう言ったとき。

「あっ」

と、ローナは思わず声を出した。

「……どうかしたの？」

「あっ、いえ。メルチェちゃん。やっと笑ってくれたなって」

「…………え？」

メルチェがきょとんとして、ぺたぺたと自分のほっぺたをさわる。

「……わたし、今……笑ってた？」

「はい！　とてもいい笑顔でしたよ！」

「…………そう」

メルチェはちょっと恥ずかしがるように、ぬいぐるみに顔を埋めてから。

「……やっぱり、ローナはすごいね」

と、ふたたび満面の笑みを作るのだった。

◇

メルチェと仲良くなったあと。

屋台コンテストの結果発表までの間、せっかくなのでメルチェと一緒に屋台を回ろうという話になった。

とはいえ、屋台コンテストの時間も終わったし、もうほとんどの屋台が片付けに入っているかとも思ったが……。

「あれ？　まだ屋台がたくさんありますね」

「まー、コンテストの前からあった屋台もあるしね。『コンテストはあくまで稼ぎ時』って考えてる屋台も多いんじゃないかな。今日限りの屋台も、出店スペース使えるうちに余った在庫をさばいときたいだろうし」

「……わたしの屋台は、限定感を出すために、あえて閉店時間をはっきりさせてたけど」

「な、なるほど」

屋台コンテストひとつ取っても、いろいろな参加の形があるようだ。

ただ、屋台の多くが残っていてくれたのは、ローナにとってはラッキーだった。

昼間は忙しすぎて屋台を回れなかったのが、唯一の心残りだったのだ。

「んじゃ、あたしは商業ギルドに売上報告に行ってくるから。2人は楽しんできて」

「あっ、お願いします！」

というわけで、いったんコノハと別れ、メルチェと2人で屋台を回ることに。

昼間と比べて通りにいる人もまばらになっており、だいぶ屋台めぐりがしやすくなっていた。

「……ふーん。商品の情報はチェックしてたけど、実際に回ってみると印象が違うものね」

「あっ、クレーンゲームの屋台なんてあるんですね」

「……へぇ？　ぬいぐるみを売ってるの？」

と、メルチェがぬいぐるみに興味を示す。

心なしか目がキラキラしているあたり、ぬいぐるみが好きらしい。

もちろん、その様子に、屋台の店主が気づかないはずもなく。

「おっ、嬢ちゃんたちもやってみるかい？」

と、張り切った様子で、店主がローナたちに声をかけてきた。

時間帯的にメインターゲットである子供たちが家に帰ってしまい、暇になっていたのだろう。

しかし、メルチェは無言で、すっと金貨袋を取り出した。

「……ここにあるぬいぐるみ、全部買うわ」

「へ？」

「……聞こえなかったの？　全部買うと言ったの」

「い、いやいやいや！　ここは、そういう屋台じゃないんだが！」

「……なら」

メルチェが、ぱちんっと指を鳴らすと。

がららら——っ！　と。

いきなり馬車がやって来て、秘書らしき人たちが金貨袋を、ずしんっと置いていった。

「……この屋台を言い値で買うわ。これで文句はないでしょう？」

「ま、まあ……たしかにそれなら……？」

と、あっけなく心を動かされかける店主。

お金の力は偉大であった。

「って、違いますよ、メルチェちゃん！　ここは、遊ぶための屋台なんです！」

「……？　知ってるわ。ただ買ったほうが効率がいいから……」

「おれの屋台、全否定されてるじゃん」

「なら、私がぬいぐるみを取ってあげますね！」

「おっ、そっちの子はまともそうだな」

「あっ、でも、ちょっと待ってくださいね」

ローナはそう言うなり。

だだだだだだ――ッ！　と、超高速で反復横跳びを始めた。

「……ローナ、なにしてるの？」

「景品リセマラです！　こうやって屋台の前を行ったり来たりして、目当ての形の景品の山が出てきたところでプレイするのが、正しいクレーンゲームの遊び方なんですよ！」

「……ローナは物知り」

「あっ、いい形の山が出てきました！　ここでアームを最大まで右に動かすと……こんな感じで、ぬいぐるみが取れるんです！」

「……すごい。5個もいっぺんに取れたわ」

「は、はは……最近の子はすごいなぁ」

気づけば、店主が思いっきり苦笑を浮かべていた。

「あっ、ごめんなさい。取りすぎた分は返します」

と、ローナがはっとして、ぺこぺこ頭を下げるが。

「……その必要はないわ」

「え？」

メルチェがローナの袖を引いて、ちょいちょいと背後を指差す。

それにつられてローナがふり返ると、周囲にけっこうな人だかりができていた。

いつの間にか、かなり目立っていたらしい。

それもそのはず。少女がいきなり反復横跳び（それも超高速）をしただけでも「何事だ!?」と注目が集まっていたのに、そこからクレーンゲームで奇跡の大量ゲットを見せてきたのだ。

「……いい宣伝になった、でしょ？」

「ああ、そうだな。ありがとよ、反復横跳びの嬢ちゃん」

これを『得した』と思えない商人は、そもそも王都で商売をやっていない。

店主はローナにぐっと親指を立てると、さっそく呼びこみの声を上げるのだった。

ちなみにその後、クレーンゲームをやる客が、みんな願掛けに反復横跳びをするようになったのだが……それは、また別のお話。

それから、ぬいぐるみをメルチェにあげたあと（ぱちんっと指を鳴らして秘書に持ち帰らせていた)。

ローナたちが、ふたたび屋台めぐりを再開したところで。

「あっ」

ふと、宙に浮いている光の板が目に入ってきた。

屋台の呼びこみ用に、インターネット画面で作った広告だ。

「これ、ちゃんと消しとかないと」

「……消しちゃうの？　もったいないわ」

「でも、いつまでも残しておくのは迷惑ですし」

コノハいわく、広告を出しても怒られにくい場所を選んだというし、「合法だから大丈夫！」と
のことだったが……まあ、迷惑なものは迷惑だろう。

今日も屋台コンテストというお祭りだから許されていたところもあるだろうし。

というわけで。

ローナが町中に設置した広告の×印を、ちまちま押していると。

「そ、その広告、君が作ったのか!?」

と、商人らしき人たちがつめ寄ってきた。

「へ？」

「うちにもその広告を出してくれ！　お金なら払う！」

「それより、うちの専属にならないか？」

「君がいれば王都一の商会も夢じゃない！」


「え？　え？」

いきなりのことで戸惑うローナ。

ちなみに、ローナは知らないことだったが……。

インターネット画面を使った広告は、王都の商人たちにかなりの衝撃を与えていた。

広告というものがなかったわけではないが、ローナの出した広告ほどの洗練されたものはなかったからだ。

商人たちがローナをスカウトしようと考えるのも当然であり――。

「え、えっと、ちょっとだけなら……？」

と、ローナが商人たちの勢いにのまれて、首を縦に振りかけたところで。

「……ダメ」

と、メルチェがローナの前に進み出た。

「……ローナはわたしのもの。ローナへの話はわたしを通して」

「あ、あなたはドールランド商会の!?」

商人たちがメルチェを見て、ぎょっとする。

「そ、そうか、もうドールランド商会の専属に……」

「出遅れたか。まあ、あれだけのインパクトがあったしな」

「お騒がせしてしまい申し訳ない、ローナ殿。またいつか機会がありましたらぜひ……」

商人たちはローナに丁寧に頭を下げると、いさぎよく去っていく。

どうやら、メルチェが彼らを追い払ってくれたらしい。

「……はぁ。ローナはこの広告の価値について自覚がなさすぎるわ」

「え？　ただの素人が作った広告ですよ？」

「……いえ、ローナの作った広告は革命的よ。そのうえ、ローナは自分の手で、その広告の効果を証明したわけだし。将来的には、あらゆる商品に〝ローナ式広告〟がつけられ、広告のために億単位のお金が動くような時代が来てもおかしくないわ」

「そ、そんなにですか!?」

なにやら、知らないところで大事になっていたようだ。

「……今回の屋台コンテストで、ローナは自分の価値を、王都中の商人に知らしめたわ。このままだと、あなたを囲いこもうと商会同士の戦争が起きるでしょうね」

「せ、戦争……」

「……そういう面で、うちの専属になるのは悪くない話だと思うわ。商人たちからの勧誘もなくなるし。ローナもそのほうがいいでしょう？」

「うーん、たしかに……」

ローナはべつに本格的に商売がやりたいわけではないのだ。

商人たちに今後もつめ寄られ続けるのは大変だし、どこかの商会につくのならメルチェのところについたほうが安心もできるだろう。

「じゃあ、メルチェちゃんのところの専属になります！」

「……そ、そんなに、あっさり決めていいの？」

「？　だって、メルチェちゃんは友達ですし」

「……!?　えっ……ぁ、あぅ……」

と、メルチェの挙動がおかしくなる。

いつも商人たちと化かし合いのような交渉ばかりしているせいか、ローナみたいな素直なタイプが相手だと調子がくるうらしい。

やがて耳を赤くしながら、こほんっと咳払いをした。

「……わ、わかったわ。わたしが責任を持って、ローナの面倒を見てあげる。ちょっとローナのことが心配になってきたし」

「？　とりあえず、これからよろしくお願いしますね、メルチェちゃん」

「……ん。これからよろしくね、ローナ」

そう言って、ローナはメルチェと握手をかわすのだった。

◇

それから、いくつか屋台を回ったあと。

ローナたちは、コノハとの合流場所に早めにやって来た。

王都の中央広場にある休憩スペースだ。

辺りを見るが、売上報告に行ったコノハは、まだ戻ってきていないらしい。

「コノハちゃん、遅いですね」

「……ま、広告について質問責めにあってるんでしょうね。商業ギルドもいろいろ把握しとかないといけないだろうし、周りの商人も放ってはおかないだろうし」

「な、なるほど。たしかに、ありそうですね」

なにはともあれ、ローナたちは休憩スペースの椅子に腰かけて、ふぅっと一息つく。

「……お祭りを実際に見て回ったのは、いい経験になったわ。次はもっといい屋台が出せそう」

「そういえば、メルチェちゃんはどんな屋台を出したんですか？」

「……ドリンクよ。こういうお祭りのときに一番売れるのは、冷たいドリンクだから」

「あっ、私たちと考えてたこと似て――」

「……それと、目新しさを出すために限定のフレーバーやトッピングを用意して、こぼれにくい持ち運び用のカップも一緒に売ったわ。他のドリンクの屋台もだいたいカップ持参だと割引があるから、そうすればまずうちの屋台に行こうってなるでしょ？　それと客は歩き疲れてるだろうから、近くの出店スペースも丸ごと借りて休憩スペースにしたわ。もちろんドリンクを買った客しか使えないようにして……広場での旅芸人の出し物が見やすい場所に休憩スペースを作ったから、それ目当ての客も獲得できたわね。それから——」

「……ほへー」

商売の話になると饒舌になるのか、ぺらぺらと教えてくれた。

「やっぱり、メルチェちゃんはすごい商人なんですね」

「……わ、わたしは教科書通りにやっただけだから。こんなの、誰でもできる」

メルチェが頬を赤くしながら、抱えていたぬいぐるみにむぎゅっと顔を押しつける。

「……わたしよりも、ローナのほうがずっとすごい」

「え、私ですか？」

「……あの広告を見たとき、わたし……すごく感動した。それに、ローナの周りにいる人は、お客さんも店員もみんなが笑顔だった。わたしにはできなかった」

「い、いやぁ」

「……そういえば、ローナの屋台は『異国の食べ物を再現して売った』と聞いたけど、他にもそういうレシピを持ってるの？」

「え？　それは、まあ……持ってますね」

「……なら、うちの商会で再現してみない？　もちろん、価値に見合った情報料は出すわ」

「い、いいんですか？」

ローナがごくりと喉を鳴らす。

お金をもらえるうえに、神々の食べ物を再現してくれる。

それはもう、ローナとしてはメリットしかないわけで。

「え、えっと！　それなら再現してほしい料理がいろいろあって――」

ローナはもちろん飛びついた。

屋台を出すにあたって、神々の食べ物についてはけっこう調べたのだが……やはり、個人では再現が難しいものが多かったのだ。

そんなこんなで、メルチェにも『古今東西の書物が見られるスキル』と称してインターネット画面を見せると、新しいおもちゃを手に入れた子供のように目をキラキラさせていた。

「……〝らーめん〟という素手で食べる麺料理に、〝ぴざ〟という号泣しながら焼く料理……すごいわっ、うちの商会にも情報がない食べ物ばかり」

「それと、〝たぴおか〟って飲み物が、今〝ナウなヤング〟という種族にとても流行っているそうです！」

「……材料はキャッサバ芋？　それなら南で安く手に入るし……どれも再現はできそうね」

「本当ですか！　楽しみです！」

「……でも、本当にいろいろわかるのね、そのスキル。〝いんたあねっと〟だっけ？」

「はい」

「……そんなスキル、聞いたことないわ。過去に同じスキルがあったのなら、もっと有名になってそうだけど」

「ですよね……」

情報をいろいろ持っていそうなメルチェでも知らないのなら、やはりこの世界には存在しない言葉なのだろう。

最近は当たり前のように使っていたが、やはり謎の多いスキルだ。

「……でも、そのスキルがあれば、〝ローナ〟についても調べることができるんじゃない？　どうして、そんな力を持っているのか……とかね」

たしかに、それはもっともだが。

ローナはちょっと渋い顔をする。

「……？　どうしたの？」

「いえ、あの、実は……前に、自分について調べたことがありまして」

「……そうなの？」

「はい。そしたら、なんかよくわからない小説が出てきました」

「……小説？」

『世界最強の魔女、始めました』という小説なんですが……なぜか、私の行動や思考が事細かに記録してありまして」

「……なにそれ、怖い」

「最初は、私の観察なんてすぐに飽きるだろうと思ってたんです……でも、最近は〝まんが〟という絵物語の連載も始まって、シリーズとしてさらなる盛り上がりを見せてきまして……ちょっと怖いので、もうあまり調べたくないなって」

「……そ、そのほうがよさそうね」

なんだか、この世界の闇に触れてしまったような気分になるローナたちであった。

「……ちなみに、わたしのことは調べられる？」

「メルチェちゃんは有名人みたいですし、たぶん調べられますが」

「……へぇ、どんなこと書いてあるか気になるわ」

「それじゃあ、えっと――あっ、これかな？」

と、ローナが軽い気持ちで調べてみたところ。

■ボス／【人形姫《にんぎょうひめ》メルチェ・ドールランド】

【出現場所】【ドールランド城】
【レベル】92
【弱点】火・刺突
【耐性】地・闇・打撃・毒・混乱
【討伐報酬】【呪いのぬいぐるみ】（１００％）、【ぬいぐるみの魔石】（１００％）、【身代わり人形】（50％）、古代のメダル（30％）
◇説明：メインストーリー２部に出てくるボス。
天才ゆえの孤独と退屈にさいなまれていた少女は、【賢者の石】の力で【王都ウェブンヘイム】をダンジョン化し、ぬいぐるみが人間を支配する王国を作る。

次々とわいてくるぬいぐるみ兵にハメ殺しされることも多く、２部ラスボスよりも厳しいと言われる難所。なぜか勝利ムービー中もぬいぐるみ兵が攻撃し続けてくるため、勝利後にゲームオーバーになることも多い。


「………………」

なんか、ボス情報が出てきた。

それも、『メルチェが王都を支配する』などと書かれているが――。

「……ローナ？」

「ひゃいっ!?」

「……顔色が悪いけど、なにか書いてあったの？」

「え、えっと。なんか、メルチェちゃんが王都を支配するとか書いてあって」

「え？」

「…………ふーん、そんなことまでわかっちゃうんだ」

「……ふふ、なんでもないわ」

「？　そうですか？」

くすくすと愛らしく笑うメルチェ。

その姿からは、王都支配をたくらんでいるようには見えない。

そもそも今、『王都がメルチェに支配されている』なんてこともないわけで……。

「うーん、違う人の情報なのかなぁ」

「……そうね。わたしは、王都支配《そんなの》に興味はないわ。もっと楽しそうなものを見つけたし」

と、メルチェはローナを見ながら、またくすくすと笑うのだった。

「あっ！　それと、メルチェちゃんの肖像画もたくさん見つけましたよ」

「……ふーん？　見たことない作風ね。発色もすごくいいけど、どんな画材を使ってるのかしら
……ん？　この〝R－18〟ってなに？　見ることができないけど」

「えっと、18歳未満は見ちゃダメみたいですね。でも、なんで18歳なんだろ？　成人年齢ってわけ

でもないし……」

「……大人になってから見てほしいってことじゃない？　タイムカプセルみたいに」

「きっとそうですね！　えへへ、早く大人になって〝R－18〟の絵を見てみたいです！」

「……ん、楽しみ」

「じゃあ、そのときは、せーので見ましょうね！」

「……うんっ」

　と、笑顔で約束をしていたところで。

　売上報告に行っていたコノハが、「おーい！」と手を振りながら戻ってきた。

「あっ、コノハちゃん。遅かったですね」

「やー、かき氷屋って言ったら、商業ギルドの人からいろいろ質問されちゃってさ――それより、なんか盛り上がってたけど、なんの話してたの？」

「大人の話です。ねー」

「……ね」

「嫌な予感しかしない」

　と、コノハが微妙そうな顔をしてから。

「あ、そだ。商業ギルド前で、もうすぐ屋台コンテストの結果発表やるらしいよ」

「つ、ついにですか。うぅ、ドキドキする……」

「……ま、ローナの優勝だと思うけど」

そんなこんなで、屋台コンテストの結果発表がおこなわれ――。

「――優勝は、ローナ&コノハの〝かき氷屋〟です！」

「「――わぁああああああっ!!」」

メルチェが言った通り、優勝はローナたちの屋台となった。

その後、メルチェがすぐにドールランド商会専属になったことを公表してくれたおかげで、商人たちがローナにしつこく勧誘してくることもなく。

賞金を手に入れたローナは、無事に借金を返済し――。

屋台コンテストはかつてないほどの大盛況のもと、幕を閉じたのだった。

第9話　神々の食べ物を再現してみた

——屋台コンテストから数日後。

王都ではまだ屋台コンテストの熱気が冷めやらぬ様子で、ローナたちの作った〝かき氷屋〟とその広告の話題がひっきりなしに町を飛びかっていた。

一方、この屋台コンテストを通して、インターネットの可能性をいろいろ発掘したローナはというと……。

（——この〝そしゃげ〟っていうの、楽しい！）

宿のベッドにごろごろ～っと寝転がりながら、自堕落にインターネット画面をいじっていた。

『おねーちゃんは、わたしが守るの♡』

「ありがとうございます！　シルフィちゃん！」

『ねぇね♡　褒めて褒めてー♡』

「えへへ！　また、あとでプレゼント贈るね！」

『……ますたーの指示を……完遂しました……♡』

「わぁっ！　Sランクでクリアしたんですね！　すごいです！」

ローナが〝こまんどめにゅー〟をタッチするたびに、ド派手な技でモンスターたちを倒していく美少女たち。

（なるほど、これが神々の遊戯……〝そしゃげ〟かぁ。いつも広告で神々に絶賛されてるだけあるなぁ）

以前から、ローナが動画を見るたびに。

『今なら無料300連ガチャ!?　スゲェー!?』

『初回チャージで誰デモ全サーバー1位に!?!?』

『えェーッ!?　爆炎神龍セットもらえるんデスカ!?』

といった広告を見せられてきたので、ずっと〝そしゃげ〟のことは気になっていたのだ。

なんでも、神々は〝そしゃげ〟という遊びをみんなやっており、それに生活を捧げる者も多いという し。

とはいえ、〝あぷり〟の〝だうんろーど〟の仕方がよくわからなくて、あきらめていたが……最近になって〝ぶらうざ版〟というものの存在を知り、そこで頑張って〝あかうんと登録〟について勉強をし――。

ついに、ローナは念願の〝そしゃげ〟デビューを果たしたのだった。

「………ふふ……ふへへ……」

ローナをこれでもかと褒めてくれる美少女たち。

画面を連打しているだけで終わる爽快バトル。

そして、射幸感をじゃぶじゃぶとあおるガチャシステム。

暇つぶしに何気なく始めた〝そしゃげ〟だったが、つい最近まで実家からほとんど出たこともなかったローナには刺激が強く、どっぷりとハマってしまい――。

（ん……あれ？　この〝そしゃげ〟って、もしかして……）

やがて、ローナは気づく。

いや、これまでは目を背けていただけだったのかもしれない。

しかし、気づいてしまえばもう――考えることを止めることはできなかった。

（もしかして……冒険とかより〝そしゃげ〟のほうが楽しいのでは？）

ローナの旅が、今――終わろうとしていた。

と、そんなことを一瞬考えたものの。

（あ……〝すたみな〟が切れた。えっと、〝すたみな〟を回復するには……〝有償石〟？　〝課

金〟？　でも、神々のお金なんて持ってないし……うぅ、私も神様たちみたいに〝札束で殴り合う〟っていうのやりたいなぁ）

なにはともあれ、〝すたみな〟が完全回復するのは夜のようだ。

やはり、ずっと〝そしゃげ〟だけをして生活するのは厳しいだろう。

（まあでも、他にやりたいことはたくさんあるしね）

王都の観光もしたいし、ダンジョン観光もしたいし、この世界には楽しいことがたくさんある。

それに、今日は昼からメルチェたちとの試食会もあるのだ。

なんでも、インターネットの食べ物の再現がいくつかうまくいったとかで、ローナにも意見を聞きたいとのこと。

というわけで、ローナはベッドからもぞもぞと起き上がると。

うーんっと伸びをしてから、むんっと気合いを入れた。

「――よぉし！　それじゃあ、お昼までカジノでスロット回すぞぉ！」

◇

そんなこんなで、昼――。

（えへへ♪　今日の台は機嫌がよかったなぁ♪）

カジノから出てきたローナは、鼻歌まじりに中央広場に立ち寄った。

近くにある時計塔を見上げると、メルチェとの約束まではまだ少し時間がありそうだ。

（メルチェちゃんのとこに行くのは、まだちょっと早いかなぁ……あっ、そうだ）

そこで、ローナは広場の中央にある女神像を見た。

そういえば、女神にまたお供え物をするという約束をしていたのだった。

ちょうど時間もあるし、なにかお供え物をしよう。そうしよう。

というわけで。

「えっと、たしか、女神様に会うためには……〝聖なるかな、聖なるかな、聖なるかな、その光は全地に満つ〟って、言えばいいんだっけ？　――って、わっ！」

ローナがインターネットに書いてあったキーワードを唱えるなり。

――ぱぁあああああ……っ！　と。

ちょうど前と同じように、女神像がいきなり光り輝いた。

そして気づけば、見たことのある白い空間に、ローナは立っていた。

目の前にいるのは、神々しい金髪の女性――光の女神ラフィエールだ。

「あっ、女神様！　こんにちは～っ！　約束通り、お供え物を持ってきましたよ！」

『……………』

「あれ、女神様？」

なぜか、女神はしゃべらない。

ただ、そのこめかみには、ぴくぴくと青筋が浮かんでいた。

『……ここしばらく、あなたを見極めるため行動を観察していました』

「え？」

『この前はノリと勢いで使徒にしてしまいましたが、もしも悪しき者がその強大な力を手にしているのならば、対応せねばなりませんから。そのうえで、ひとつ言いたいのですが――』

女神はこほんと、ひとつ咳払いをしたあと。


『――カジノ行きすぎだるぉおおッ!!』


「わっ」

女神がシャウトした。

『わたくし、言いましたよね!?　世界の危機が迫ってるって！　なんで、それを聞いて真っ先に行くところがカジノなんですか!?　しかも、なんで破産してるんですか!?　そのうえ、せっかく借金返したのに、なんでまたカジノに通ってるんですか!?　学習能力とかないんですか!?』

「で、でも、最近はスロット回さないと手が震えるようになって」

『末期症状!?』

女神は『ああもう～っ！』とくしゃくしゃと髪をかきむしり、それから溜息をついた。

『しかし、まあ……あなたが悪しき心の持ち主でないことはわかりました。だいぶ欲望に忠実なのは問題ですが……きちんとお供え物をしようという心がけは、たいへん評価できます』

「そ、それならよかった、です？」

『さて、お告げには時間制限もありますし、さっそくスイーツ――いえ、お供え物をいただきましょうか。実は、あなたが作った〝かき氷〟というものも気になっていて』

「え？　あの、世界の危機は――」

『いいから、スイーツです！』

「あ、はい」

世界の危機を前によだれを垂らしている女神を見て、『欲望って怖いなぁ』と思うローナであった。

そんなこんなで、今回はかき氷をお供えするローナ。

『ほう、これが〝かき氷〟ですか。新感覚ですが、これは良いものですね』

「……？　神様の間では定番の食べ物じゃないんですか？」

『いえ、まったく知りませんが』

「え？　あれ？　そ、それでは、〝たぴおか〟はご存知ですか？」

『〝たぴおか〟？　それも知りませんね』

「そうなんですか？　うーん、おかしいなぁ……最近、若い女神たちに流行ってるって聞い――」

『――知ってますが？』

「え？」

『わたくし、〝たぴおか〟知ってますが？』

「え、でも」

『もはや最近は、〝たぴおか〟しか摂取していないと言っても過言ではありませんが？』

「なるほど……やっぱり、そうなんですね！」

インターネットに間違いはなかった。

ただそうなると、かき氷を知らなかったのは不思議だが……。

神々の世界にも〝ジパング〟や〝リスンブール〟や〝ラピュータ〟といったさまざまな国があるようだし、知らなくても不思議ではないのかもしれない。

というわけで、ローナは考えるのをやめた。

『ちなみに、他にもこのような神々の食べ物はあるのですか？』

「えっと、まだ再現まではできていないんですが……今、メルチェちゃんって友達が試作してくれてまして！　今日これから試食会もしてくるんですよ！」

『そ、そうですか、ほぅ……そ、それでは、そのお供えもしてもらえたらなぁ、と』

「はい、もちろんです！」

『……ローナ・ハーミット。やはり、あなたを使徒にしたのは間違いではありませんでした。あなたは史上最高の使徒です』

「？　ありがとうございます？」

よくわからないけど、すごく褒められた。

そんなこんなで、ローナが出したスイーツも食べ終えたところで。

前回と同じように、女神のいる白い空間が光り輝きだした。

女神の言っていた『お告げの時間制限』というやつだろう。

『ふむ、もうこんな時間ですか。今回もたいへん良い働きでした』

「えへへ、ありがとうございます！　次も楽しみにしていてください！」

『ええ。では、次のお供え物は、試作しているという食べ物でお願いしま――あっ、やべ！　また伝え忘れ――』

そんな慌てた声とともに、ローナの視界が白く染まり――。

「わっ……とと」

気づけば、ローナは広場の女神像の前に立っていた。

（よし、今回は尻もちつかなかった！　って……わっ、もうこんな時間！）

こうして、ローナは慌ててメルチェのいる商館へと向かうのだった。

◇

女神とのお茶会のあと。

ローナはメルチェとの試食会の約束のため、ドールランド商会の商館へとやって来ていた。

(えっと、メルチェちゃんが商会長をやってる商会っていうのは、ここ……だよね？)

目の前の建物とインターネットの地図を、何度も見比べるローナ。

あらかじめ、コノハから『あたしのデータによると、ドールランド商会は王都随一の規模だよ！』と聞いてはいたが……。

「ふ、ふわぁ……」

ローナの前にあったのは、予想の3倍ぐらい豪華な商館だった。

1か月前まではローナもけっこう立派な屋敷に住んでいたわけだが、それでも圧倒されてしまう。

(う、うん……完全に、友達の家に遊びにいく感覚だったんだけど)

あきらかに、カジノ帰りにるんるん気分で来るところではなかった。

(な、なんか、ドレスコードとかありそうだけど大丈夫かな……)

と、ちょっと不安になってきたものの。

いつまでも立ち尽くしているわけにもいかないので。

「あ、あのぉ、すみません。メルチェちゃんに会いに来たんですが」

と、おそるおそる門番に声をかけてみると。

「ローナ・ハーミット様ですね。お話はうかがっております」

「え？　あ、はい」

丁寧な態度で、すぐに中に通してもらえた。

さすが王都一の商会というべきか、ここにいる人々は教育が行き届いているらしい。

「……商会長がお待ちです。こちらへ」

「は、はい」

それから、男性職員の案内のもと、メルチェのいる試食室へと向かうことに。

金糸の刺繍が入った赤絨毯の廊下を、てくてくと歩いていくローナ。壁に並んだ調度品もやはり一級品ばかりだったが……ローナにはそれよりも気になることがあった。

（？　あれ、この人、どこかで見たことあるような？）

案内の男性職員の顔を、ローナはちらちらとのぞき見る。

表情に乏しい真面目そうな男の人だ。

初対面だとは思うのだが、どことなく誰かの面影があり……。

と、そんなことを考えていたところで。

「……ローナ・ハーミット様」

彼は人気のないところで立ち止まり、ローナに頭を下げてきた。

「……あなたのおかげで娘に笑顔が戻りました。本当に……ありがとうございました」

「え？　え？」

ローナは、いきなりのことで少し戸惑いつつも。

そこで、はっと気づく。

「もしかして、メルチェちゃんのお父さん……ですか？」

「……はい。といっても、その資格があるかわかりませんが」

「？」

きょとんと首をかしげるローナに、メルチェの父はかまわず言葉を続ける。

「……ここのところ、あの子はあなたのことを、それはもう楽しそうに話すのですよ。あんなに笑っている娘を見るのは、本当にひさしぶりで……ぜひ、こうしてお礼を言いたいと思っていました」

「あ、あの、そんなたいそうなことは……それに、私のほうこそメルチェちゃんと仲良くなれてよかったです！」

「……うん。あの子に、あなたのような、よい友達ができてよかった。あの子と仲良くなってくれて、本当に……ありがとう」

メルチェの父はそう言うと――。

一瞬だけ、ぎこちなくも優しい微笑みを浮かべるのだった。

それから、ふたたび歩くこと、しばし。

「……こちらが試食室です。さ、どうぞ」

「あっ、案内ありがとうございます」

メルチェの父にぺこりと頭を下げてから、ローナが試食室へと入ると。

「……ローナっ」

小さく弾んだ声とともに、ぬいぐるみを持った少女がぴょこんっと抱きついてきた。

「あっ、メルチェちゃん。今日は試食会に誘ってくれてありがとうございました。でも、忙しくありませんでしたか？」

「……うん。さっき財務大臣が来てたけど追い払ったわ。ローナとの話のほうが大事だから」

「そ、そうですか……いいのかな？」

「……それより、ローナが前に教えてくれた〝株式〟ってシステムを、いろんな事業に試験的に導入してみたのっ。これは革命的な発明よっ。これがうまくいけば、わたしたちが世界の覇権を握れるわっ」

「？　えっと、よかったですね！」

とりあえず、メルチェが楽しそうでよかったなぁと思うローナであった。

と、そこで。

「……い、いや、2人とも？　そういうやばめな話は、あたしがいないとこでしてくれない？」

先に来ていたらしいコノハが、なぜか顔を青くして、ティーカップを持つ手をがたがたと震わせていた。

「あっ、コノハちゃんも来てたんですね」

「あー、うん……ていうかね。あたし、この商会で働くことになってさ」

「え？」

「ま、ここにいれば、本国のやつらも簡単には手出しできないだろうしね」

「……ふふっ。コノハはいろいろ便利だし、いい拾い物だったわ」

「？」

ちなみに、コノハはここ数日、裏切ったスパイとして本国からの追っ手と大立ち回りを演じたりしていたのだが……。

その頃、〝そしゃげ〟をしていたローナには知るよしもないことだった。

「でも、よかったよ。ローナと屋台作ったの、けっこう楽しくてさ。やっぱ、あたしは商人のほうが向いてるなって。だから……まあ、なんていうかさ……きっかけをくれたローナには、本当に感謝し――」

「……そんな話はどうでもいいから、さっそく試食会をしましょう」

「あっ、そうですね！　私、お腹ぺこぺこで！」

「あたしの扱いがひどい」

というわけで。

メルチェが、ぱちんっと指を鳴らすと。

扉が開いて、給仕たちが試作料理をのせたワゴンを運んできた。

てきぱきとテーブルに並べられていく皿、皿、皿……。

その皿にのせられているのは――。

「す、すごい……インターネットで見た通り！」

〝らーめん〟、〝ぴざ〟、〝かれーらいす〟……。

どれも、インターネットの画像から飛び出てきたかのような再現度だった。

「まだ数日しか経っていないのに、こんなに再現できるなんて」

「……この辺りは材料もそろってたから、再現だけならそれほど苦労はなかったわ。まだ味や食感については調整段階だけど」

と、メルチェはなんでもないことのように言うが。

ローナからしたら、どれも『これは再現するの無理そうだなぁ』とあきらめていたものばかりなのだ。そもそも材料をそろえるところからして難しそうだったわけで。

「さ、さすがはドールランド商会だねー」

「えへへ。メルチェちゃんにレシピを教えてよかったです！」

「……ま、まあ、とにかく。冷めないうちに早く食べましょう。とくに〝らーめん〟は麺がふやけやすいらしいから」

「おっ、顔が赤くなってるねぇ、商会長様」

「……コノハ、減給30年」

「代償が重い!?」

そんなこんなで。

さっそく、試作料理に手をつけるローナたち。

まずは、早く食べてと言われた〝らーめん〟からだ。

「うーん……ローナ、この〝らーめん〟っていうの、どうやって食べるの？」

「あっ、それは手づかみで食べるんですよ！」

「へぇ、麺を手づかみでねぇ――ほわっ熱ッづぅうぅッ!?」

「わ、わぁっ！　プチヒール！　プチヒール！」

「……スプーンとフォークで食べたほうがよさそうね」

というわけで、いろいろと慣れない料理と苦戦しつつも。

ひとまず、ローナはスプーンに麺とスープを入れて、口に運び――。

「!?」

その瞬間――。

舌先から、雷が流れるような衝撃が走った。

試食会だから、『食レポをしないと！』と張り切っていたローナであったが。

「…………お、おいしい」

他に、この〝らーめん〟の味を言い表す言葉が出てこない。

パスタみたいなものかとも思ったが……違う。

とにかく、今まで食べたことのない味だ。

それでいて、今まで食べたものの中で、一番おいしいかもしれなかった。

思えば、かき氷はかなりシンプルだったし、〝まよねぇず〟は調味料だったしで、ローナがまともにインターネットの料理を食べるのは初めてだったが……。

「……っ！　……っ！」

この〝らーめん〟のスープを飲みだすと、やめどきが見つからず。

一口、また一口……と、無心になってスプーンを動かしてしまう。

ふと、顔を上げてみると、メルチェやコノハも似たような状態だった。

メルチェも実食は初めてだったらしく、上品に〝らーめん〟を口に運んだまま目を丸くしており、
コノハはコノハで無言でひたすらスープをすすっている。

「……試作したシェフが感激してたとは聞いてたけど、これは……すごいわね」

「い、いや、これで試作品ってのがやばいよねー。まだ調整段階なんでしょ？」

「……そうね。〝らーめん〟はパスタと同じで、味つけやトッピングの種類も多いみたいだし……

奥が深いわ」

「他の味の再現も楽しみですね！」

というわけで、〝らーめん〟をスープまで飲み干したあと。

「ふぅ、ごちそうさま～」

「……満足したわ」

「いや、試食会なのに初っ端から完食しちゃったけど……他、食べられるかな」

「「……あっ」」

◇

そんなこんなで、試食会はわいわいと進み――。

やがて、一通りの試作品を食べ終えた。

「ふぅ。どれもおいしかったですね！」

「……ん、〝ぴざ〟はとくに中毒性があったわ。焼くときに号泣する必要性があるのかわからないけど」

「あたしは〝かれーらいす〟が一番感動したかなー」

「……そうね。あれも素晴らしかったわ。ローナの言っていた『4人で真心を込めると発生する特殊演出』というのは確認できなかったけど。ただ……わたしにはちょっと辛かったかも」

「……あー。たしかに、辛いの苦手な人もいるしね。売るときは、ミルクや蜂蜜を入れた甘口も作ったほうがいいかも」

ローナとしてはどれもおいしかったし、すでに料理として完成されているような気がしたが。

メルチェやコノハいわく、ここから商品にしていくのが一番大変らしい。

とはいえ、そこが商人としては面白いところでもあるようで、メルチェもコノハも生き生きとしていたが。

「……ふぅ、とても有意義な試食会だったわ」

「やー、こうなったら、食べ物以外にもいろいろ再現してみたいよね」

「そうですね！　——あっ、そういえば」

ふと、ローナがワゴンにのせられていた鍋を見る。

どうやら、インターネット料理の試作品は、まだたくさん余っているらしい。

「せっかくなので、余っている試作品をもらってもいいですか？」

「……べつにいいけど。あっ、せっかくだし、ローナの知り合いなんかにも意見を聞いてきてくれるとうれしいわ。うちで今度出す予定の新作だと言って」

「わかりました！」

「まー、ローナは目立つから宣伝にもなりそうだしね」

そんなこんなで。

アイテムボックスに試作料理をほいほいと突っこんでいくローナ。

「いや、どんだけ入るのさ……これで保存も効くんだからなぁ」

「……商人としてはうらやましいかぎりね。でも、けっこうな量あるけど大丈夫？」

「大丈夫です！　このアイテムボックスがあれば、いくらでも持っていけますしね！」

そう言って、ローナがさらに試作料理を入れようとしたところで――。


『【！】持ち物がいっぱいです！　上限100／100』


「……………………あっ」

ローナはぽかんとしたまま立ち尽くす。

ついに、そのときが来てしまった。

そう、アイテムボックス枠の限界が――。

（あ、あれ、100枠もあったのに……いや、もしかして、アイテムボックス100枠って少ない？）

考えてみれば、当然かもしれない。

装備、日用品、旅道具、食べ物、モンスター素材……。

それを全て入れていたら、100枠なんてすぐになくなってしまうだろう。

一応、ローナもいらないアイテムをこまめに売ったり、よく使う小物なんかは鞄に入れて持ち歩くようにしたりはしてきたが……。

とくに王都に入ってからは、魅力的なグルメや土産物が多すぎて、いろいろ買いこみすぎたかもしれない。

(でも、同じものなら1000個以上も入るのに、なんで種類がオーバーしたらダメなんだろ？　まあ、こんなに便利なもの使わせてもらっているし、文句は言えないけど……う、うーん)

「……？　ローナ、どうしたの？」

「？　なにか問題でもあった？」

と、いきなり動かなくなったローナに、不審げな視線を送るコノハとメルチェ。

「ああいえ、それが……アイテムボックスの枠が、いっぱいになったみたいで」

「あいてむぼっくす？　あたしのデータにない言葉だけど……もしかして、その亜空間に物を収納する力のこと？」

「……その容量がいっぱいになったってことかしら？」

「えっと、そんな感じです。とりあえず……ここに、いらないものとか出してもいいですか？」

「……床が汚れるものじゃないなら、かまわないわ。もしよければ、わたしが買い取るけど？」

「ありがとうございます！　けっこう、お店で買い取ってもらえないものも多くて」

「……そうなの？　あっ、魔石はあるかしら？　最近、マナ不足で魔石の需要が高まってて」

「魔石？　ああ、それなら――」

と、ローナはアイテムボックスを操作すると。

どんっ！　どんっ！　と、巨大な魔石を2つ、テーブルに置いた。

「ちょうど魔石が邪魔だったので、買い取ってほしいなって思ってまして」

「「……!?」」

コノハとメルチェが目を丸くする。

それなりに多くの魔石を見てきた2人でも、見たことのない魔石の大きさだった。

「こ、これって、ちなみになんの魔石なの？」

「えっと、たしか……〝終末竜ラグナドレク〟と、〝原初の水クリスタル・イヴ〟のものですね」

「ぶふっ!?」

どちらも神話の大怪物の名前であった。

それも、その封印が解けたら、世界が滅ぶと言われているほどの……。

「……じょ、冗談よね？　でも、この大きさは……」

「そ、そういえば……前にローナのステータスを見たとき、それっぽい称号があったような？」

「……もしかして、ローナって戦闘力もおかしいの？　たしかに、やたら高価な装備を身につけてるけど」

「いや、むしろ戦闘力が一番ぶっ壊れてるかもしれない」

「？　あっ、それと、魔石ではないですが迷宮核っていりますか？」

「……っ!?　え、迷宮核……えぇっ？　も、もしかして、ダンジョンをクリアしたというの？」

「？　はい、冒険者試験で『ダンジョンの迷宮核を持ってくるように』って言われまして」

「……!?　……!?」

いつも冷静なメルチェが動揺しまくっていた。

「ただ、これも1枠使ってて邪魔なんですよね。だから、売りたいなって思ってたんですが……どこへ行っても『それを売るなんてとんでもない！』と言われてしまって」

「……う、売ろうとしたの!?」

「それを売るなんてとんでもない！」

メルチェとコノハにツッコまれた。

そう、この世界でも一握りの者しか知らないことではあったが――。

――迷宮核。

それは、古代文明を繁栄させた伝説の〝賢者の石〟だ。

これを手にした者は、あらゆる夢を叶えることができるとされる。

この石によって、誰かが夢を叶えた〝結果〟がダンジョンであり――。

そこでは、欲望が財宝や宝箱に、悪夢がモンスターになっているとされている。

そんな力のある迷宮核は、もちろんあらゆる国や勢力が水面下で手に入れようと動いており——。

「うーん。じゃあ、メルチェちゃんにあげますね！」

「……きゃっ!?」

けっして、こんな軽々しく人にわたすようなものではないのだ。

メルチェがわたされた迷宮核を手に、おろおろしだす。

「……ど、どうしたらいいかしら、これ？」

「と、とにかく隠さないと！　世界中が狙ってるだろうし……というか、防音は大丈夫!?」

「……ローナが来ている時点で、セキュリティーは最高レベルにしてあるわ。信頼できる人間しか近づけさせてないし……」

と、メルチェとコノハがわたわたしているのを尻目に。

ローナはアイテムリストを見ながら、う～んと考えていた。

（一応、これで枠は空いたけど、料理を入れたらまたギリギリになっちゃったし……やっぱり、100枠じゃ不便かなぁ）

アイテムボックスが満足に使えないのは、ローナにとって死活問題だ。この便利さを知ってしまったら、もうアイテムボックスなしで生きていけるとも思えない。

できれば、もっともっと枠が欲しいところであり——。

（こうなったら……アイテムボックスの枠を増やさないと！）

と、ローナは決意を固めるのだった。

そんなこんなで、さっそくインターネットで枠の増やし方を調べてみること、しばし。

■初心者向けＦＡＱ
Ｑ．アイテムボックスの枠はどうやったら増やせますか？
Ａ．有償石ショップから買うことができます。また少量ではありますが、ダンジョン・高難易度ボスのクリア報酬などでも枠を増やすことができます。

――との情報を発見した。

（有償石？　っていうのはわからないけど……ダンジョンのクリア報酬かぁ）

そういえば、初めてこのアイテムボックスを手に入れたのも、〝黄昏の地下迷宮〟のダンジョンボスを倒したときだった。

（ちょうどダンジョンを観光したいと思っていたし、いい機会だったかもね。えっと、王都の近くで観光におすすめのダンジョンは……ん、イチオシのフォトスポット？　〝黄金郷エーテルニア〟？あっ、綺麗！　ここ行ってみたいかも！）

というわけで。

「――決めました！　私、これから〝黄金郷エーテルニア〟に観光に行ってきます！」

「「……!?」」

ローナのさらなる爆弾投下に、さらに目を白黒させるコノハとメルチェであった。

第10話　黄金郷を観光してみた

――黄金郷エーテルニア。

それは、王都の地底深くに封印されているというダンジョンの名だ。

インターネットによると、そこは……どんな願いも叶える〝賢者の石〟によって繁栄した古代都市であり、建物は黄金で作られ、道には石畳のように宝石が敷きつめられ、七色の実をつけた水晶の木々が生え、住民たちは永遠の命を手にしている『イチオシの観光名所《フォトスポット》』とのこと。

ローナがそんな黄金郷に観光に行くことを決めた翌朝。

旅行の準備を済ませたローナは、光の女神ラフィエールのいる謎の白い空間へとやって来ていた。

「――というわけで、今から黄金郷エーテルニアに行ってきます！」

『ぶふぉっ!?』

ローナが黄金郷に行くことを告げるなり、女神が食べていたお供え物の〝らーめん〟を思いっきり吹き出した。

「だ、大丈夫ですか？」

『え、ええ。それより、黄金郷に行くと聞こえましたが』

「はい！」

ちなみに、昨日、コノハとメルチェも一緒に行かないかと誘ったのだが。

『い、いやいやいや……ダンジョン観光って。黄金郷って。意味わかんないし』

『……でも、安全さえ確保できるのなら、ダンジョンはいい観光資源になるかもしれないわ。さすが、ローナは着眼点が違う……これは本格的に検討してみても……それこそ、〝株式〟を使ってダンジョン探索事業を……ぶつぶつ……えっ、行くのは明日？　なら、スケジュールが取れないしパスね』


と、断られてしまい。

結局、ローナひとりで黄金郷へ行くことになったのだ。

『……なるほど。ついに使徒としての自覚に芽生え、邪神テーラと戦う覚悟を決めたというわけですね』

「？」

女神はなにかひとりで納得したように、うんうんと頷く。

『黄金郷への旅路は、長く険しいものとなるでしょう。もしも、わたくしにできることがあれば、なんでも言ってください』

「あっ、それなら、この白い空間をちょっと使わせてもらえたらなぁ、と」

『この空間を使う？　よくわかりませんが……まあ、それぐらいなら』

「ありがとうございます！」

というわけで。

「えっと、まず下に1歩、左に17歩、上に142歩……」

ローナはちょこちょこと白い空間の中を歩き回りだした。

『あの、いったいなにをしてい――』

「あっ、そこ見えない壁があるので気をつけてください」

『――ぶふっ!?　……えっ？　なんですか、この壁？　わたくしが作ったこの空間、どういうことになってるの……？』

「えへへ、謎ですね！」

『わたくしとしては、笑い事ではないのですが』

「えっと、最後に下に、127、128……と！　よし、見えない壁もちゃんとあるし……ここでよさそうだね」

『あの、そろそろ、お告げの時間制限が来そうですが……』

「あっ、ちょうどよかったです」

「へ？」

ローナが立ち止まると、くるりと女神のほうをふり返った。

ちょうどそのタイミングで、女神のいる空間が白く光り輝きだす。

いつものように、この空間から追い出される合図だ。

「じゃあ、今から行ってきますね！　黄金郷エーテルニアに！」

『………はい？』

そうして、きょとんとしている女神を置いて、ローナの視界が白く染まり——。


「——わっ⁉」


ローナが次に目を開けたとき。

そこは女神のいる白い空間でも、王都の中央広場でもなく——。

——真っ暗な空間だった。

いきなり夜空の中に放り出されたような、上も下もわからない浮遊感。

とにかく自分が今、落下していることだけは理解できた。

「わっ！　わわっ⁉　と、とりあえず、エンチャントウィング！」

慌てて飛行スキルを発動して、光の翼をはばたかせるローナ。

「ふ、ふぅ……びっくりしたぁ」

ローナは空中で姿勢を整え、バクバクいっている心臓を押さえながら周囲を見る。

そこは、上も、下も、右も、左も――全てが夜空のような空間だった。

インターネットで見た〝宇宙〟という場所とイメージは近いかもしれない。

その空間の中にぽつぽつと浮かんでいるのは、ステンドグラスのような地面。

いきなり空中に投げ出されたのは、予想外だったものの……。

「うん、インターネットに書いてある通り♪」

と、ローナは上機嫌に、手元のインターネット画面を見た。

■裏技・小技／【謎の空間バグ】
【光の女神ラフィエール】が出てくるムービーを利用した移動バグ。

このムービー中に【ムービー行動バグ】を使って1歩右に移動すると、ムービーから戻るときに1歩右に移動した状態で出てくる。これを利用することで、あらゆる障害物やイベントを無視して任意の場所へと飛ぶことができる。

ただし、ムービー時間内に移動できる距離がたいしたことないため、行ける場所はかなり限定される。また、このバグを使うと進行不能におちいることが多いため、【帰還の翼】などの帰還手段は必須（バグの利用は自己責任で）

いろいろとよくわからない言葉も多いが……。

とりあえず、女神のいる謎の空間で、お告げの時間制限までに『下に1歩、左に17歩、上に142歩、左に1歩、下に320歩、右に289歩、下に128歩』進むことで、王都の地底に封印された黄金郷まで一気に行けるとのこと。

もっとも、いきなり黄金郷の中に入れるわけではないらしく。

(たしか、ここのどこかに、黄金郷につながる転移魔法陣があるんだよね?)

と、ローナが周囲をきょろきょろしていると。

「…………え?」

ふと、巨大な影が目に入ってきた。

山でもあるのかとも思ったが——違う。

「…………な、なに……これ……」

それは、山のように巨大な人型の〝獣〟だった。

赤黒い炎のような体毛。黒い王冠のような10本の角。

地上のありとあらゆる獣がつなぎ合わされたかのような、そのおどろおどろしい姿は、まさに混沌と絶望の化身であり……。

そんな恐ろしい存在が今、ローナの眼前で存在感を放ちながら——。

——両腕をピンッとTの字に広げて、固まっていた。

（…………うん、本当になんだろう、これ？）

ちょっと意味がわからなかった。

やたら存在感だけはあるのが、かえってシュールだった。

（うぅ、なんか変なもの見つけちゃったなぁ……えっと、このモンスターの情報は……）

とりあえず、インターネットで調べてみると、それっぽい情報を発見した。

■ボス／【黙示獣《もくしじゅう》テラリオン】

［出現場所］【黄金郷エーテルニア】

［レベル］１０８

［弱点］光（本体）・物理（右手）・魔法（左手）

［耐性］闇・毒・睡眠・混乱

［討伐報酬］２部クリア報酬、アイテムボックス枠拡張＋50

◇説明：メインストーリー２部のラスボス【邪神テーラ】の第２形態。

本体を攻撃するには、右手と左手のどちらかを先に倒す必要がある。ただし、両手とも倒してし

まうと暴走状態になるので注意。
正規手順を踏まずにボス部屋に入るとTポーズで固まっており、よくネットでおもちゃにされている。

（……ラスボス？　〝ラス〟ってなんだろ？　〝第2形態〟っていうのも、よくわからないし、うーん……とりあえず、アイテムボックス枠も手に入るし、ダンジョンボスってことでいいのかな？）

と、ローナはしばらく考えてみたが、やっぱりよくわからず。

（ま、いっか！　なにか問題があっても、あとで〝ぐる〟すればいいもんね！）

というわけで、ローナは考えるのをやめた。

ひとまず、怪物の手をぽかぽかと杖で叩いてみると、「うっ！　うっ！」とうめき声が上がる。

一応、ダメージはちゃんと入っているらしい。

試しに【星命吸収《テラ・ドレイン》】を使ってみると、MPを吸収することもできた。

せっかくなのでMPをちまちま吸収しつつ、周囲をきょろきょろしてみるが、出口の魔法陣は見つからない。

おそらく、ダンジョンのボス部屋と同じように、ボスを倒さないと脱出できないようになっているのだろう。

「うーん、よくわからないけど……」

やがて、ローナはうんっと頷いた。

「とりあえず、倒しとこっと♪」

そんなこんなで。

椅子に座って〝そしゃげ〟の片手間にちくちく攻撃すること、しばし――。


『黙示獣テラリオンを倒した！　ＥＸＰを６６６６獲得！』

『ＬＥＶＥＬ　ＵＰ！　Ｌｖ68→73』

『ＳＫＩＬＬ　ＵＰ！　【大物食いⅣ】→【大物食いⅤ】』

『アイテムボックス枠が50拡張されました』

『称号：【黙示録の王】を獲得しました』

『……海底王国アトランから不穏な気配が？　準備ができたら見に行ってみよう！』

『to be continued……』


「わーい」

まったく見所のない戦闘を経て、そんな討伐メッセージ（＋α）が視界に表示された。

（なんかメッセージがいろいろ出てきたけど……あっ、アイテムボックス枠もちゃんと手に入ってるね！　よし！）

というわけで、ここに来た目的をひとつ達成したところで。

せっかくなので、ぼぼぼぼぼ……と、なぜかゆっくり爆散している怪物をバックに、「いぇ〜い♪」と記念の自撮りもしておく。

コノハやメルチェにいい土産話ができそうだ。

そう考えていると、やがて近くの地面に、脱出用らしき魔法陣が現れた。

（えっと、これが黄金郷エーテルニアにつながる転移魔法陣かな？）

そんなこんなで、少し予想外のことはあったものの。

「よーし、あとはいっぱい観光するぞぉ！」

ローナはさっそく、その魔法陣へと足を踏み入れたのだった。

◇

一方、その頃。

地底に封じられた古代都市――黄金郷エーテルニアはというと。

ずぅぅぅん……っ！　ずぅぅぅん……っ！

と、激しく揺れ動いていた。

まるで、地底につながれた巨大な〝獣〟が、身じろぎでもしているかのように。

ずぅぅん……っと地底全体が揺れるたびに、夜空を思わせる大空洞の天井にぴしぴしと亀裂が走り、星のような宝石の欠片がぱらぱらと降りそそぐ。

しかし、そんな状況にあっても……この黄金郷の住民である〝魔族〟たちは、恍惚とした笑みを浮かべていた。

「くくく……ついにだ！　ついに邪神テーラ様がお目覚めになったのだ！」

黄金郷の中央にある古代神殿の祭壇。

そこに描かれた赤紫色の禍々《まがまが》しい魔法陣の前にて。

魔族たちは高笑いとともに祈りを捧げ続ける。

彼らがこうも冷静なのは、あらかじめ邪神テーラからのお告げがあったためだ。

――われはもうすぐ復活する、と。

魔族たちが地底に封印されてから、１０００年。

彼らはずっと、この瞬間を待ちわびていた。

もしも、邪神テーラが封印から解き放たれれば……地底に封印されていた魔族は、ふたたび地上へと戻ることができるだろう。

だからこそ。

「さあ、始めようか」

魔族の神官や巫女たちは、目で合図をして頷き合うと。

やがて、一斉に口を開いた。

「「「――〝我らは獣の数字を刻みし者なり〟」」」

魔族の口からつむがれるのは――〝力ある言葉〟。

「「「――〝来たれ、偉大なる十冠の王よ。禁断の果実をもたらした黙示録の獣よ。我らの喚《よ》び声に応え、今こそ顕現せよ。汝の名は――邪神テーラ〟！」」」

そんな魔族たちの言葉に呼応するように。

祭壇に描かれた魔法陣が、かッ！　と、赤紫色に光り輝いた。

輝きはどんどん増していき、やがて、ひゅぉおおおお――ッ！　と魔法陣から強大な力が暴風となって吹きつけてくる。

「……ぅ……くっ……」

荒れくるう力の奔流に、もはや誰も目を開けていられない。

それからしばらくして、魔族たちが目を開けられるようになったとき――。

「……ぁ……ぁっ……ひっ……」

魔法陣の上に、ひとつの影が――あった。

いつから、そこにいたのだろうか。

それは、小さな影だった。

しかし……間違いない。

そもそも、この魔法陣から出てくる存在など、ひとつしかないのだから。

人をはるかに超越した魔族。それをも、はるかに超越した力。

それは、まさしく——神と呼ぶにふさわしい存在だった。

「……す、素晴らしい。想像以上だ……っ！」

「ついに……復活したのだ！」

そして、魔族たちが固唾をのんで見守る中。

邪神は、ゆっくりと口を開き……。

「——こんにちは〜っ！」

と、にこにこ元気よく挨拶してきたのだった。

◇

（わぁっ！　ここが黄金郷エーテルニアかぁ！）
さまざまな手順をスルーして地底にワープし、〝ラスボス〟というよくわからないモンスターも
とりあえず倒したあと。

ローナが転移魔法陣に乗ってみると、風化した古代神殿のような場所に転移した。

辺りをきょろきょろしてみれば……崩落した神殿の天井の先に見えるのは、星のように宝石の結晶がまたたく夜空みたいな光景。さらに地面にも宝石の花々が咲き乱れ、これまた宝石でできたような蝶や小鳥が飛んでいる。

（うん、綺麗だね！　さすが、インターネットで『イチオシの観光名所』って言われていただけあるなぁ）

とまあ、そこまではインターネット通りなのだが。


「「「――我らが神、バンザイ！」」」


なぜか、ローナの前には、平伏している現地住民たちがいた。

（……な、なんか、すごい歓迎されてるなぁ）

とりあえず、現地住民を見つけて挨拶をしてみたところ、あれよあれよという間に玉座のような椅子に座らされ、「神！」「バンザイ！」と祀られてしまったのだ。

そこまでされれば、さすがのローナでも気づく。

（そっか、これが――〝おもてなし〟ってやつなんだね！）

そう、ローナはインターネットで目にしたことがあったのだ。

観光名所などには、『お客様は神様です』と言って客を崇める宗教があるということを。

とすると、ここで平伏している人々は、観光ガイドといったところだろう。

（うん、今回の町もみんな親切だし平和そうだね！　これなら、楽しく観光できそう！）

ただ、いつまでも椅子に座らされていては、観光もできないわけで。

「あのぉ、ちょっといいですか？」

と、ローナが近くにいた人に話しかけると。

「どうかしましたか、我らが神よ!?　生贄ですか!?　生贄が足りないのですか!?」

「い、いえ、そういうのではなく、黄金――」

「黄金をご所望でしたか！　おい、この地にある財宝を全て持ってこい！」


「「「――ならば、我らが生贄にぃいいッ!!」」」

――ずしん！　ずしん！　どどどどっ！　じゃらららららっ！


ローナがぽかんとしている間に、どんどん積み上がっていく金銀財宝の山。

「さあ、好きなだけ持っていってください！　この世の全ての財宝は、あなた様のものでございます！」

「え？　い、いいえ、あの……」

「まだ足りませんか!?　ならば、さらに10倍だぁああっ！」

「い、いいえ、大丈夫です！　これだけで充分です！」

それはまさに、〝おもてなし〟の暴力であった。

せっかくの厚意なので、持ってきてもらった財宝はもらうことにするが。

（……〝おもてなし〟って怖いなぁ）

と、ちょっと引き気味のローナであった。

なにはともあれ、お土産も手に入ったので。

「よし！　それじゃあ、さっそく黄金郷を観光させていただきます！」

今度こそ、ローナは椅子から立ち上がる。

その様子に、『邪神様の期待に応えなければ！』と身がまえていた魔族たちが、きょとんと顔を見合わせた。

「……か、観光？」

「……〝観光〟とは、なんだ？」

「……さ、さあ？　聞いたことがないが」

そう、魔族たちには〝観光〟という文化がなかったのだ。

地底に1000年間も封じられていたという事情もあるが。

封印前も戦乱の時代であり、『他の町や国に娯楽のために行く』という考えがまずなかった。

「……ど、どうするべきか。尋ねるのは不敬だし……なんか怖いし」

「……しかし、このままでは、神のご期待にそうことが」

「ま、まあ、ひとまず……神の様子を見れば、〝観光〟がなにかはわかるだろう」

というわけで。

魔族たちの案内のもと、ローナの〝観光〟が始まった。

「わぁ、綺麗ですね！」

ローナが道の真ん中で、ぴょんぴょんと飛びはねながら歓声を上げる。

黄金郷エーテルニア——そこは、まさに理想郷だった。

星空のように宝石がまたたく天蓋。

黄金で築かれた壮麗な建築物やオブジェ。ステンドグラスのように宝石が敷きつめられた道の脇には、水晶のように透き通ったカラフルな花々が咲き乱れている。

まさに、世界中の美しいものだけを集めて作られたような都だ。

(うん、インターネットに書いてあった通り！)

ローナはふんすっと鼻から息を吐きながら、手元のインターネット画面を確認する。

■マップ／【黄金郷《おうごんきょう》エーテルニア】

メインストーリー2部のラストダンジョン。

かつて天に築かれた美しい古代都市。【賢者の石】によって栄えた人類の欲望は、黄金に酔うだけでは満たされず、やがて古代文明の破滅へとつながった。

ビームを撃ってくる古代兵器系のモンスターが多いため、【リフレクション】のような魔法反射スキルが活躍する。ただ、古代兵器系のモンスターはリポップしないため、ドロップアイテムの取り忘れには注意。

（ラストダンジョン？　っていうのは、よくわからないけど……とにかく来てよかったなぁ。あっ、あれってインターネットで〝映える〟って言われてた〝自撮りスポット〟だ！）

ローナはテンションが上がり、ぱしゃぱしゃと古代遺物《アーティファクト》のカメラで写真を撮りまくる。

それだけ見れば、『一般少女が遊びに来ただけ』という感じにも見えるのだが。

「すごいですね、みなさん！　こんなに綺麗な場所、初めて見ました！」

「そ、そうですか？　そう言ってもらえると……」

「あっ、ちょっとモンスターが邪魔だなぁ――プチフレイム」

ごぉおおおおおおぉおお――――ッ!!

「えへへ、いい写真が撮れました！　本当に来てよかったです！」

「ま、まあ、ご満足いただけたのなら、なによ……」

「あっ、プチサンダー」


ばりばりばりばりばりィイイ――――ッ!!


「…………」

「いいなぁ！　私もこんな綺麗なところに住んでみたいです！」

「い、いえ、我らはここに住んでいるわけでは……」

「そうなんですか？　あっ、リフレクション」

びゅいんッ！　びゅいんッ！　びゅいんッ！
どがががががが――ッ！　ずぅううんッ！　ずぅううんッ！

「うん！　ダンジョン観光って、楽しい♪」

「…………」

ローナの〝観光〟によって、全てが蹂躙されていく。

まるで未来予知でもしているように、あらかじめ潰されていく敵襲やトラップ。

鼻歌まじりに跳ね返されるビームの雨。

ローナが歩くたびに、あちこちで爆散していくモンスターたち。

そんな異常すぎる光景を前に――。


(((――〝観光〟って、すげぇえええっ!?)))


魔族たちの気持ちが今、ひとつになった。

そもそも、黄金郷はダンジョンなのだ。

けっして、楽しく散歩するようなところではない。

武装を固めて、作戦を立てて、隊列を組んで侵攻し、犠牲を出しながら少しずつ安全圏を広げていく。

ここは、そういう戦場なのであり――。

「ちょっと宝箱を取りたいので、そこの落とし穴に落ちてきますね!」

「えっ、ちょっ――神ぃいいい!?」

けっして、こんなゆる〜い感じで来るところではないはずなのだ。

（こ、これが邪神様の力……なんと、凄まじい）

魔族たちが感動に打ち震えるのも当然であった。

ちなみに、ローナはいろいろ手順をスキップしたので知らなかったが……。

黄金郷は夢境化《ダンジョン》が進んでいて、魔族でさえ住めない過酷な環境となっていた。

古代文明を発展させた〝賢者の石〟。

この石は、人々のあらゆる夢を実現させる力を持っていたが、人々の悪夢もまた現実のものにしてしまったのだ。

無限の財宝、美しい都、永遠の命、強靭な肉体……〝賢者の石〟が夢を叶えれば叶えるほど、現実は侵蝕されて夢境化《ダンジョン》していく。

願いが魔法や財宝となり、悪夢がモンスターとなる。

そして、この黄金郷は今や、抱えきれないほどの黄金《ゆめ》の代償に、強力な悪夢《モンスター》が跋扈《ばっこ》する人外魔境となっており……もはや魔族たちは、生存圏を手に入れるために、邪神の力で地上侵出を考えるしかない状態に追いこまれていたのだ。

ただ、ローナの〝観光〟によって今……。

その辺りの問題は、なんかあっさり解決してしまった。

「あ、ああ……我が家に戻れる日が来るなんてっ！」

「俺たちの故郷が取り戻されたっ！」

「？」

ローナの案内も忘れて、泣き崩れる魔族たち。

――〝観光〟。

その言葉の本当の意味は、魔族たちにはわからない。

邪神の言動を見て、「な、なんかアホっぽいな」と思ってしまった者もいた。

しかし、邪神が魔族たちのために戦ってくれた。

それだけで、魂が打ち震えるような熱が、魔族たちの胸の内からわいて出てくる。

やがて、その熱はひとつの言葉を形作った。

「「「――うおおおおおっ！　我らが神、バンザイ！」」」

第11話　邪神の座をかけて決闘してみた

一方、その頃。
黄金郷の中央にある神殿にて。
祭壇にある赤紫色の魔法陣から、黒い瘴気が立ちのぼっていた。
『…………時は、満ちた』
少女の声が、神殿に響きわたる。
それは、冥府の底から響いてくるような、冷たく威圧感のある声だった。
『それでは、始めようではないか――闇の時代を』
その言葉とともに。
ずず……と、黒い瘴気が渦を巻いて、繭のように魔法陣を覆い尽くす。
そして、瘴気が晴れたとき……そこには、ひとつの影があった。
――それは、少女の形をしていた。
しかし、あきらかに人間ではない。

禍々しくねじれた角や翼。そして、常人ならば見ただけで卒倒しそうな膨大なオーラ。

それは伝承に語られる混沌の神であり、１０００年前の厄災……。

世界は、彼女をこう呼ぶ。


――――邪神テーラ、と。


「ふむ……」

この世に顕現した邪神テーラは、体の調子を確かめるように軽く腕を振ると。

ぶわ――ッ！　と、神殿に立ちこめていた瘴気が勢いよく吹き飛んだ。

さらに、その風圧で、びしびしびしぃぃ――ッ！　と、神殿の壁や床に、亀裂が走る。

たわむれにしては、あまりにも圧倒的な力。

だがそれでも、邪神テーラはどこか不満そうに溜息をつく。

「……やはり、仮初《かりそめ》の体では、この程度かのぅ」

そう、あくまでこの姿は、魔法で作られた仮初のものにすぎない。

彼女の〝真の姿〟は、ここでは別の場所に封印されたままだ。

とはいえ、魂だけでも封印から脱することができるぐらいには、すでに力が戻りつつあった。

ここまで来れば、念願の世界の覇権もすぐそこだろう。

「「——我らが神、バンザイ！」」

耳をすませば、遠くからは自分をたたえる魔族たちの声も聞こえてくる。

邪神テーラを信じてついて来てくれた者たちだ。

おそらく、邪神テーラの復活を喜んでいるのだろう。

（じゃふふ、1000年ぶりに生で浴びる崇拝は気持ちよいのぅ。なんか、やけに遠くから聞こえてくる気もするが……われの存在感にみんなビビっているのかのぅ？　いや、じゃが……さすがに遠すぎない？　あれ？）

と、邪神テーラが少し戸惑いながら、目を開くと。

「……むぇ？」

さっきまでは立ちこめる瘴気のせいで、よく見えなかったが……。

辺りには、誰もいなかった。

ぽつん、とひとりで立ち尽くす邪神テーラ。

（あ、あっれぇ……？　さっき『そろそろ復活するよ』とお告げったんじゃが……誰も待っててくれなかったの？　もしかして、われって人望ない……？）

ちょっと不安になってきた邪神テーラであった。

いや、しかし……そもそもおかしい。

この黄金郷エーテルニアには、神殿以外にまともな生存圏はもう残されていないと聞いている。

神殿の外に出れば、強力なモンスターの餌食になるだけだ。

ならば、魔族たちはどこへ消えたのか。

と、そこで。

「「「――我らが神、バンザイ！」」」

また、そんな声が聞こえてくる。

よく聞いてみると、その声は神殿の外から聞こえてくるようだった。

（あ、あれ？　われはここにおるぞ？　なんで外から？）

そう戸惑いながら、邪神テーラが神殿の外に出てみた。

そこは、強力なモンスターが跋扈する、人外魔境となっている――はずだったが。

「…………は？」

邪神テーラはぽかんとしたように立ち尽くす。

その視線の先にあったのは――。

「草アッ！」

「乾杯《KP》～っ！」

「うぇええいっ!!」

神殿前の広場で、魔族たちが楽しそうに宴会をしている光景だった。

その中心には、なぜか『神』のタスキをかけている知らない少女がおり……。

神

「「「──我らが神、最高ぉおおっ！」」」

自分を信じて待ってくれていたはずの魔族たちが、なぜかその謎の少女を崇めていた。

（……ど、どゆことじゃ？　……え？　待って？　えぇ……？）

先ほどお告げをしたときは、魔族たちの様子はいつもと変わらなかったのだが。

このわずかな時間に、いったいなにがあれば、こうなるのか。

……わからない。なにもわからない。

ただ、邪神テーラには、ひとつ言いたいことがあった。

「──だ……誰じゃ、その女ぁああっ！」

◇

一方、黄金郷を観光していたローナはというと。

（誰だろう、あの女の人？）

こちらはこちらで、いきなり現れて「誰じゃ、その女！」と叫んだ少女を困惑したように眺めていた。

最初は現地民かとも思ったが。

「……だ、誰だ、あれ？」

「なんか、俺たちの眼前でやたら存在感を放っているが……」

反応を見る感じ、どうも現地民でもないらしい。

とすると、ローナと同じように観光に来た人だろうか。

ただ、どうして初対面のローナを睨みつけているのかわからない。

「あの、どちら様ですか？」

「われは邪神テーラじゃ！　とゆーか、おぬしが何者なんじゃ！」

邪神テーラと名乗った少女が、ぷんすかと叫んでくるが。

「なっ、貴様！　我らが神に、なんだその態度は！」

「邪神様の名をかたるとは！　小娘とはいえ、許さんぞぉおおッ！」

「な……なんでじゃっ!?」

信じていた魔族たちにキレられて、ちょっとビビる邪神少女。

「わ、われ、邪神ぞ？　われが本物の邪神ぞ？　だ、だまされるでない！　われの下僕ども！」

「だまされるもなにも……」

「あきらかにオーラが違うしなぁ」

魔族たちが邪神少女とローナを改めて見比べ――。

「「「……ぷっ」」」

「笑った!?　今、われのオーラ見て笑った!?　ま、待つのじゃ！　これは仮初の体じゃから！　〝真の姿〟はもっとこう、強いのじゃ！」

「この邪神様よりも強いというのか？」

「そ、それは微妙なところじゃけど……」

「ほら見ろ！」

「やはり、こちらにおわす方が、邪神テーラ様で間違いない！」

「う、うぐぅぅっ！　ど、どうしてこんなことにぃぃっ！」

と、ちょっと涙目になる邪神少女。

そこで。

「あのぉ」

と、ローナが挙手をした。


「――私、邪神テーラって名前じゃありませんよ？」


「「「……へ？」」」

珍しく状況を理解したローナの発言に、その場にいた魔族たちが固まった。

「えっ、あの、邪神テーラ様ではないのですか？」

「はい。たぶん、そちらの人が、本物の邪神テーラさんなのでは？」

「「「え、えぇ……？」」」

困惑する一同。

いや、たしかに、この少女が自ら『邪神』だと名乗ったことはない。

ただ、復活のお告げの直後に邪神召喚陣から出てきて、当たり前のように邪神崇拝を受け入れて、伝え聞いていた邪神以上の力を持っていただけであり……というか。

魔族たちの視線が、ローナへと集まった。


(((――じゃあ、こいつなんなの!?)))


魔族の気持ちが今、ひとつになった。

なんか、今もしれっと、ごごごごご……と本物の邪神より強大なオーラをまとっているし。

邪神じゃないとするなら、意味がわからなすぎる。

そんな疑問の視線を受けたローナは、やがてはっとすると。

「あっ、自己紹介がまだでしたね。私はローナ・ハーミット。地上から来たフツーの〝一般人〟です！」

「「「――嘘だぁあああっ！」」」

魔族と邪神の声がハモったのだった。

そんなこんなで、いろいろ誤解はとけたものの。

事態はよりいっそう混迷を極めていた。

「や、やべぇ……あっちが本物の邪神様だとすると……」

「でも、我らが神……いや、ローナ様のほうが強そうだし」

「てか、あのレベルの存在が普通にいるって、今の地上やばくないか……？」

魔族たちがひそひそと話し合う中。

邪神テーラ（本物）が、「じゃふん！」と胸を張る。

「じゃが、これでわれこそが本物の邪神であることはわかったじゃろう？　さあ、われの下僕どもよ！　さっきの不敬は見逃してやるから、さっそくわれとともに地上を滅ぼすのじゃ！」


「「「……いやぁ、うーん」」」


「なんで、微妙な反応なんじゃ!?」

「まあ、もうそこまで地上を滅ぼすことに興味ないというか」

「なんか、ローナ様のあとに実物を見たら、ちょっとがっかりしたというか」

「ローナ様には恩義もありますし。どちらについて行きたいかというと」

「な、ななっ!?　じゃけど、『一緒に地上滅ぼそうね』って約束したじゃろ！」

「いえ、それはあなたが勝手に言っていただけで。我らは地上に行けたらいいなー、としか」

「ぶっちゃけ、温度差があるなって」

「邪神様と地上滅ぼすの息苦しそう」

「そんな感じじゃったの!?」

邪神テーラ（本物）は、わりと人望がなかった。

とはいえ、それもそのはず。

彼女は今まで、魔族たちを『下僕』と呼んで、力によって支配してきたのだ。

そして、魔族たちもその力を〝世界最強〟だと思ったからこそ崇拝してきた。

ただそんな中、ローナという意味のわからない〝世界最強〟の存在が出てきたことで、いろいろ前提からおかしくなってしまった。

そう、こういうのは1位でなければダメなのである。

「お……おのれぇえ、ローナなんとかぁあああっ！」

「えっ、私？」

すっかり蚊帳の外だと思って、〝そしゃげ〟をしていたローナがきょとんとする。

「おぬしのせいで……おぬしのせいでぇっ！　われの下僕たちがぁあっ！　われのほうが先に信仰されとったのに！」

「え、えっと……ごめんなさい？」

とりあえず、ローナが謝るが。

邪神テーラはぷるぷると震えたまま、しばらく沈黙し……。

「……決闘じゃ」

「え？」

そして、邪神テーラは、ずびしっとローナに指を突きつけた。

「――どちらが〝真の邪神〟にふさわしいか、われと決闘するのじゃ！」

◇

邪神テーラから決闘を申しこまれたあと。

神殿前の広場にて、ローナと邪神テーラは向かい合っていた。

「くくく、戦う準備はできたかのぅ？　ローナなんとかよ」

邪神テーラがやる気満々でストレッチしている一方。

（……ど、どうしてこんなことに？）

ローナは遠い目をしていた。

正直、『どちらが真の邪神にふさわしいか』とか興味がないので辞退しようとしたのだが、その前に魔族たちが盛り上がってしまい――。

『『『――うおおおっ！　新旧の邪神同士、夢の対決だぁっ！』』』

『待って？　まだ、われを〝旧〟扱いするのやめよ？』

そんなこんなで、あれよあれよという間に、決闘の舞台が整えられてしまったのだ。

「……あの、テーラさん？　ひとついいですか？」

「なんじゃ？　怖気づいたか？」

「いえ、あの……私はべつに〝真の邪神〟とかに興味ないので、私の負けってことでもいいですよ？」

「違うのじゃ！　それだと、なんかこう、ダメなのじゃ！　ここでわれがいいところを見せて、また崇拝されないといけないのじゃ！」

よくわからないが、そういうことらしい。

そんな邪神事情なんて知ったことではないと言えば、そうであったが。

（まあ、でも……いろいろ誤解させちゃったのは私のせいだしね。よーし、ここはちゃんといい感じに負けて、テーラさんに花を持たせてあげないと！）

というわけで、ローナがむんっとやる気を出した瞬間――。

「「「……ッ!?」」」

ごごごごごごごごごごごぉおォオオオ…………………ッ!!

と、ローナの全身からオーラが爆発的に膨れ上がった（第三者視点）。
先ほどまでの、ぽけーっとした感じから一変。
ローナがただそこにいる、それだけで――。
――邪神。
その言葉の意味を、まざまざと見せつけてくる。
（なんという、強烈な覇気……っ）
（まさか、先ほどまでは本気ではなかったのか!?）
（ローナ様が怒りくるっておられる！）
辺りで見ていた魔族たちも、思わずごくりと唾をのんだ。

（（（――ローナ様は、殺《や》る気満々だッ！）））

平和そうな顔をしているからと誤解していた。

　この邪神（※ローナ）は――血に飢えているのだ。

　一方、邪神テーラはというと。

（なるほどのぅ、これがローナなんとかの本気の力か。やはり、こいつ……）

　ローナをじろりと睨《ね》めつけるように観察し、ひとつの確信を得ていた。

（…………こいつ、われより強くね？）

　先ほどから邪神テーラの殺気を浴びながら、平然と突っ立ったままだし。

　しかも、ここにきてなぜか殺る《や》気を出したらしく、さらに凄まじいオーラを放出しだしたし。

（や、やべぇのじゃ……邪神としての格が違うのじゃ。このままでは、『真の邪神じゃない』と追放されてしまうのじゃ……とゆーか、殺されないよね？　決闘じゃよね？）

　戦う前から冷や汗が止まらない邪神であった。

　とはいえ……ローナの身のこなしは、あきらかに素人のそれだ。

　おそらく、強すぎるがゆえに、戦闘経験はまともにないのだろう。いや、戦闘経験がないのに、なんでそんな強烈なオーラを放ってるんだとか、言いたいことは山積みではあったが……。

　なにはともあれ、ここに勝機があるはずだ。

　そうして、準備も済んだところで。

「それでは、両者合意と見てよろしいですね？」

「う、うむ」

「はい！」

「それでは、〝真の邪神〟の座をかけたバトル――ファイトぉーっ！」

そんな審判の魔族のかけ声のもと、決闘の火蓋が切られた。

「――ッ！」

先に動いたのは、もちろん邪神テーラだ。

彼女は合図とともに、とんっと地面を軽やかに蹴り――。

「――遅いのじゃ」

瞬時に、ローナの背後へと回っていた。

獣のごとき圧倒的な速度。それこそが邪神テーラの最大の武器だ。

一方、ローナはまだ反応すらできていない。

（やはり、われのほうが速度では上――ッ！）

邪神テーラの読み通りだった。

というか、魔術師の速度が低めなのは当たり前だった。

そして、魔術師は防御も低めだと相場が決まっている。

だからこそ、邪神テーラ（近接アタッカー）は、ローナに1対1の決闘を申しこんだのだから。

（これが、頭脳プレイの力じゃぁああっ！）

勝つために誇りを捨てた邪神の姿が、ここにあった。

「『ローナ様ぁっ!?』」

そして、魔族たちの悲鳴が上がる中――。

ばしゅ――ッ！　と。

邪神テーラの手刀の〝刺突〟が、矢のようにローナの背中へと突き立てられ――。

――めきっ！　ぐぎぃっ！

と、いろいろと嫌な音がした。

邪神テーラが無言で指を押さえて、その場にうずくまる。

「………………………」

「……ぉ……ぉぉぉ……」

めちゃくちゃ突き指していた。

(……あ、あれ？　われって今、オリハルコンの壁に攻撃したっけ？　あっれぇ……？)

ちなみに、邪神テーラは知らないことだったが。

ローナは〝防御〟も世界最強クラスだった。

「うぉおおっ！　まずはローナ様の1本先取！　今の動きをどう見られますか？」

「今のはいい作戦でしたねぇ。あえて全力の攻撃を受けることで、相手との実力差を絶望的に突きつけるとは」
「おおっ、さすがはローナ様！　邪悪すぎるぅうっ！」
と、魔族の実況席が盛り上がる一方。
（う、うわぁっ、びっくりしたぁ!?　速くて見えなかった!?）
ローナは普通にびくびくしていた。
それから、はっとする。
（あっ、そうだ！　ちゃんと負けたふりをしないと！　えっと……えっと……）
ローナがいきなり、「うっ」とうめいて。

「や、やられたー（棒）」

その場に、ぽてりと倒れた。
ローナのその迫真の演技に、一瞬の静寂のあと……。
わぁあっ！　と、魔族たちから歓声が上がった。

「おおっと！　ローナ様、ここで余裕の煽りだぁっ！」
「これは効果が抜群だぁあっ！」

「え？　え？」

「うぬぅ～っ！　ば……バカにしおってぇえ～～っ！」

「あ、あれ!?　なんで!?」

気づけば、邪神テーラが顔を真っ赤にして、ぷるぷると震えていた。

「このぅこのぅ～っ！　物理がダメなら魔法じゃああっ！　暗黒魔法――」

「わっ、リフレクション」

「カタストロフィぃぁあぎゃあああああ――ッ!?」

邪神テーラの放った黒い光線が、ぽーんっと跳ね返されて大爆発した。

「わ、わぁっ、ごめんなさいっ！　つい、魔法反射スキルを」

「そ……そ……」

「そ？」

「それは、ずるいじゃろぉおおっ！」

ボロボロになった邪神テーラが涙目で叫ぶ。

物理攻撃は効かず、魔法は反射される――完全に詰みであった。

「あの、それより、お怪我が！　プチヒール！」

「えっ、ちょっ、待っ――あぎゃあああっ!?」

「わ、わぁあっ!? 傷口が開いてっ！ プチヒール！ プチヒール！ プチヒール！」

「あばばばばっ!?」

「こ、これでもダメなら……エルフの秘薬を！」

「ま、待つのじゃ！ われは回復でダメージを受けるタイプの邪神で――あひぃぃッ!?」

ぴくぴくと地面で痙攣する邪神テーラに、ローナはさらに回復という名の攻撃を続ける。

（……な、なんという容赦のなさ！）

（あえて、回復魔法でいたぶるとは……なんと邪悪な……）

かつて、自分たちが畏怖していた邪神が、一方的にいたぶられている。

この信じがたい光景に、魔族たちは戦慄を禁じえない。


（（――やはり、ローナ様こそが〝真の邪神〟だ！））


とはいえ、邪神テーラもやられるばかりではなく。

「むぐぅうっ！ これ以上、回復されてたまるか！」

やがて、隙を見てローナから距離を取り、反撃へと転じた。

「むぉおおっ！ 暗黒魔法――カタストロフィ！」

「わっ！ 安静にしてないとダメですよ！ プチヒール！」

そして、ローナと邪神テーラから、それぞれ白と黒の閃光が放たれた。

ずどどどどどどど――――ッ!!　と。

凄まじい衝撃波とともに激突する、回復魔法と暗黒魔法。

荒れくるう力の余波で、びしびしびぃぃぃ……ッ！　と、周囲の地面や建物に亀裂が走っていく。

まるで、英雄と邪神の最終決戦のような圧倒的な光景。

白と黒の2つの光線はそのまま拮抗し、そして――。

競り勝ったのは――白の光線（※回復魔法）だった。

「なんでじゃあああっ!?」

極太レーザーのような神聖な白い光（※回復魔法）が、暗黒魔法の黒い光をまたたく間に塗りつぶし、勢いそのままに邪神テーラをのみこんでいき……。

やがて、光が晴れたとき。

「……いや……そうは、ならんじゃろ……ぐふっ」

そこには、ぷすぷすと煙を上げながら地面に倒れている邪神テーラの姿があった。

あまりの光景に、魔族たちがしばし言葉を忘れる中。

「だ、大丈夫ですか、テーラさん!?　いったい、どうしてこんなことに!?」

ローナが慌てて、邪神テーラに駆け寄ると。

「………………認めてやるのじゃ」

「え？」

「たしかに、おぬしは……　〝真の邪神〟にふさわしい」

「いえ、それは、ふさわしくなくていいんですが」

「じゃがな……」

邪神テーラが、ゆらりと立ち上がる。

あきらかに、彼女の敗色が濃厚だったが……。

というか、もう敗北したも同然だったが。

しかし、この状況にあっても、彼女はまだ余裕の笑みを浮かべていた。

「われは、まだ負けてはおらん。ここで見せるつもりはなかったが……よいじゃろう」

そう、本当の戦いはここからなのだ。


「――見せてやろう。われの〝真の姿〟をな」

邪神テーラがそう呟いた瞬間――。

ずずずずずずずずず……っ！　と。

彼女を中心に、黒い瘴気が渦を巻き始めた。

瘴気が邪神テーラを覆い尽くし、禍々しい黒い繭を形作っていく。

まるで、第2の形態へとその身を変えようとするかのように。

「……われは1000年間、〝賢者の石〟を通して、人間どもの欲望を、願いを、夢を、悪夢を吸収して力を得てきた。たったひとりでも世界を滅ぼせるだけの力をな。今さら許しをこうても、もう遅い……さあ、刮目《かつもく》せよ！　これが、われの〝真の姿〟じゃああああ――ッ!!」

そして、瘴気が晴れたとき……そこには、ひとつの影があった。

――それは、少女の形をしていた。

しかし、あきらかに人間ではない。

禍々しくねじれた角や翼。そして、常人ならば見ただけで卒倒しそうな膨大なオーラ。

それは、まさに伝承に語られる混沌の神であり、1000年前の厄災であり……。

さっきまでと同じ姿の邪神テーラでもあった。

つまり――なにも変わっていなかった。

「……………………」

かっこいいポーズを決めている邪神テーラが、ちょこんと立っているだけだった。

しばらく、ぽかんとしたような静寂が満ちたあと。

「……あ、あれ？　なにか変わったか？」

「……失敗？」

「……いや、この流れで失敗は、さすがにないだろ」

「わ、私はかっこよくなったと思いますよっ」

と、ちょっと空気が微妙になったところで。

「て……テイク2じゃあああっ！」

「あ、はい」

ちょっと頬を赤くした邪神テーラが、ふたたび黒い瘴気の繭に包まれる。

「さあ、今度こそ刮目せよ！　これが、われの〝真の姿〟じゃあああああ——ッ!!」

そして、瘴気が晴れたとき……そこには、ひとつの影があった。

——それは、少女の形をしていた。

しかし、あきらかに人間ではない。

禍々しくねじれた角や翼。そして、常人ならば見ただけで卒倒しそうな膨大なオーラ。

それは、まさに伝承に語られる混沌の神であり、1000年前の厄災であり……。

つまり——なにも変わっていなかった。

「「「…………」」」

戸惑ったような沈黙が満ちる中。

やがて、邪神テーラが、おずおずと手をあげる。

「──あ、あのぉ……われの〝真の姿〟、どっかに落ちてませんでしたか？」

そんなこんなで。

そこからは、邪神テーラもしょんぼりして、決闘を続けようという空気でもなくなり。

「みんなで、テーラさんの〝真の姿〟を見つけてあげましょう！」

「「「おおっ！」」」

ローナが中心となって、邪神テーラの〝真の姿〟の捜索が始まった。

邪神テーラの話によると、彼女の〝真の姿〟はいつも保管している場所にはなかったらしく。

「洗濯するとき、服のポケットに〝真の姿〟を入れっぱなしだったとかは？」

「そういうのじゃないのじゃ」

というわけで。

物置、路地裏、植木鉢の下、机やベッドの下……。

いろいろな場所を片っ端からさがしてみたが、〝真の姿〟っぽいものは落ちておらず。

「むうぅ……われの1000年間の汗と涙の結晶が」

「だ、大丈夫ですよ、テーラさん！　私、さがしものを見つけるの得意なので！」

「お、おぬし……良いやつじゃのぅ」

「ちなみに、〝真の姿〟のもっとくわしい特徴とかはありますか？」

「えっとな、大きさはこ～んぐらいで、人型の獣みたいな姿で、色は赤っぽくて……それから〝黙示獣テラリオン〟って名前をつけてるのじゃ」

「……ん？　あっ、もしかして」

インターネットを使うまでもなく、ローナには心当たりがあった。

「あ、あのぉ……〝真の姿〟って、こんな感じのやつですか？」

「むぇ？」

ローナはアイテムボックスから写真を取り出す。

黄金郷に入る前に、記念に撮った1枚だ。

その写真には、にこにこピースしているローナの自撮り姿――。

――の後ろのほうに、ちっちゃく、爆散している〝獣〟の姿が写っていた。

「わ……われの〝真の姿〟ぁあああああ――ッ!!」

「な、なんか、ごめんなさい……」

こうして、邪神テーラはローナに完全敗北し……。

彼女の1000年越しの野望は、今ここに打ち砕かれたのだった。

第12話　邪神を餌付けしてみた

「えぐ……えぐ……もうやじゃ。また長き眠りにつきたい」

「え、えっと、元気出してください！」

「ほ、ほら！　お酒でも飲んで、ぱぁっと忘れましょうよ、邪神様！」

邪神テーラの〝真の姿〟（爆散後）を見つけたあと。

ローナと魔族たちは、膝を抱えてガチ泣きしている邪神テーラの慰め会を開いていた。

やがて泣き疲れたのか、邪神テーラのお腹から、くきゅるるるぅ……と音が鳴りだす。

「……腹が減ったのじゃ」

「え？」

「腹が減ったのじゃああっ！」

「あ、ああっ！　でしたら、いいものが！」

ローナはいそいそとアイテムボックスから、とある料理の入った鍋を取り出した。

「なんか、当たり前のように空間をゆがめたけど……なんじゃ、それは？　食べ物なのか？」

「はい、これは〝かれーらいす〟っていう神々の――いえ、地上の食べ物です！」

そう、これは最近、メルチェとの試食会で出されたものだ。

試作料理がたくさん余っているとのことで、せっかくだからとローナがもらっていたものであり
――ある意味、この黄金郷に来るきっかけをくれた食べ物とも言えるだろう。

「む、むぅ……かれーらいす？　しかし、ひどい色じゃのぅ。まるで汚泥ではないか。しょせん、人間《ブタ》の餌といったところかのぅ」

邪神テーラが顔をしかめる。

黄金郷にあるのは、見目麗しい宝石みたいな食べ物だけであり。

こんな変なにおいのする茶色い食べ物など誰も見たことはなく、この〝かれーらいす〟なるものが食べ物とは思えなかった。

思えなかったのだが……。

「「「………ごくっ」」」

どうしてだろうか、その香りが鼻孔をくすぐるたびに……。

邪神テーラと魔族たちの口から、唾液があふれ出てくる。お腹がぐぅっと鳴りだす。

「もしよければ、みんなで食べましょう！　ピクニックをするときは、〝かれーらいす〟を食べるものと言いますしね！」

「……ま、まあ、よいじゃろう。一口だけなら食べてやってもよい」

と、なぜかえらそうに、邪神テーラが皿に盛られた〃かれーらいす〃を受け取った。

そして、おそるおそるスプーンですくって、口に運び――。

「――――」

「……さん？　……ですか？」

「――――」

「テーラさん、大丈夫ですか？」

「――はっ!?　意識が飛んでおった!?　わ、われは今、なにをされたのじゃ!?」

「なにって、〃かれーらいす〃を食べただけでは？」

「……なん、じゃと？」

たしかに、スプーンにすくっていたはずの〃かれーらいす〃はなくなっていた。

しかし、それがどんな味だったのか思い出せない。

なにか、雷に打たれたかのような衝撃があったことだけは覚えているが。

「あ、あの、お口に合わないようでしたら……」

「待つのじゃ！　そんなことは言ってないのじゃ！　この〃かれーらいす〃は、われのものじゃ！　じゃるるるっ！」

「あ、はい」

それから、邪神テーラは〃かれーらいす〃を、もう一口食べてみる。

その瞬間――舌先から、びりりっと雷が走るような鮮烈な感覚があった。

「びゃ……びゃ……」

「びゃ？」

「――びゃあぁぁうまひぃぃぃっ!?」

「わっ」

邪神テーラは思わず叫んでいた。

そのまま、はふはふと、かっこむように〝かれーらいす〟を食べ始める。

（あ、ありえんのじゃ……こんな美しくない人間《ブタ》の餌ごときが、うまいわけがないのじゃ……それなのに……）

やめられない、止まらない。

それは、まさに至高の美味。

（あ……あぁ……人間《ブタ》の餌、しゅごいぃぃぃっ！）

メシ堕ちした邪神の姿が、そこにはあった。

しかし、彼女はそこで、はっと我に返る。

（はっ！　こ、これはまずいのじゃ！　われは邪神じゃから、〝かれーらいす〟のうまみにも耐えられたが……こんなものを、われの下僕どもが食べたらっ！）

慌てて魔族たちを見てみると、彼女の懸念は的中していた。


「――はっ!?　意識が飛んでいた!?」

「おい、しっかりしろ！　食べ終わるまで死ぬんじゃない！」

「びゃあぁぁうまひぃぃぃぃっ!?」


魔族たちもまた、邪神テーラと同じような混乱におちいっていた。

――圧倒的美味。

それは、魔族たちにとって初めての経験だったのだ。

かつて、古代文明が栄えていた時代も、彼らは〝賢者の石〟によってあらゆる想像を実現させてきたが……。

しかし、想像以上のものは手に入れることができなかった。

そして、満たされているがゆえに、そこで立ち止まってしまった。

そこそこおいしいもので飢えを満たせるのだから、それでいいじゃないか……と。

だからこそ、不足ゆえに試行錯誤をくり返し、想像の限界を超え続けてきた神々の食べ物〝かれーらいす〟は、魔族たちにとって劇薬となり――。

「……こ、これが地上の食べ物」

「楽園は地上にあったのか……」

「……はっ！　もうなくなってしまった！」

「あっ、おかわりもいいですよ！」

「「「──!?」」」

わぁっ、とローナへと殺到する魔族たち。

その中には、ちゃっかり邪神テーラもまざっていた。

「……ローナよ。〝かれーらいす〟を食わせてくれたこと感謝するのじゃ」

「な、泣いてる？　いえ、喜んでもらえたなら、なによりですが」

「しかし、これほどの至高の美味じゃ……かなり貴重なものだったのではないか？」

「え？　ただの試作品ですよ？」

「し、試作品？」

「はい。今も、もっとおいしくなるように研究されてるんです。スパイスの配分を変えてみたり、甘みをつけてみたり。具材によっても風味が全然違うみたいで」

「こ、これ以上に、おいしく……」

邪神テーラが愕然とする。

すでに完成された食べ物だと思っていた。

しかし、地上の人間はこれで満足していないのだ。
完成のその先へ。想像のその先へ。限界のその先へ――。
きっと、この先も〝かれーらいす〟は進化し続ける。
いや、おそらく〝かれーらいす〟にかぎった話ではないのだろう。
「えへへ！　地上にはまだまだ、いろいろな食べ物がありまして！」
ローナの手元から、ぽぽぽぽんっと出てくる料理たち。
見たことのない食べ物が、魔族たちの前にずら～りと並ぶ。
邪神テーラが試しにいくつか食べてみるが。
「……う、うまいのじゃ!?　これも、うまいのじゃっ!?」
どれもこれも、これまで味わったことのない――圧倒的美味。
しかし、ローナが言うには、これでも試作品らしい。
「…………ぁ……ぁあ……っ」
邪神テーラは、自分の中から、なにかが砕け散るのを感じた。
……彼女は、ずっと地上を滅ぼそうと考えていた。
地上を滅ぼして、黄金郷みたいな美しい楽園にしたかった。
人間は美しくなくて。醜く争ってばかりで。
だけど、みんなが満たされれば、きっと美しい世界になると思って。

かつて、地の女神であったテーラは、地上に〝賢者の石〟をもたらした。

しかし、それは——禁断の果実であった。

人間たちは、醜い欲望のための道具として〝賢者の石〟を使った。

人間たちは、不老不死の魔族となり、永遠に戦争を続けるようになり……。

やがては、テーラたち神々にも牙をむいた。

——あぁ……醜い……醜い醜い醜い醜い……ッ！

テーラは人間に絶望して……邪神に堕ちて。

誰よりも醜い〝獣〟に堕ちて、厄災に堕ちて、地底に封印されて……。

——ああ、そうだ。醜いものを全て綺麗な黄金に変えてしまおう！

——美しいものだけを集めて、この世界を黄金郷で塗りつぶそう！

とか、いろいろ考えていたのだが。


「——むぉおおっ！　メシがうめぇのじゃあああっ！」


なんかもう、どうでもよくなっていた。

ご飯の力は偉大であった。

「えへへ、おかわりもいいですよ！」

「じゃふぅ～♪」

もしも地上を滅ぼしてしまえば、このうまいメシが食べられなくなるし。

思えば、そこまで地上を滅ぼす必要もないし。

それに、だんだん今の地上への興味もわいてきた。

「ふぅむ……今の地上には、このような食べ物があるんじゃのぅ」

「はい！　といっても、ここに持ってこれたものは、ほんのわずかですが」

「……うむ、そうか」

邪神テーラは頬に米粒をつけながら、感慨深げに目を閉じる。

それから、しばらくして……。

彼女は、今までにない真剣な表情で口を開いた。

「……ローナよ。今の地上について、もっと教えてもらってもよいかのぅ？」

「え？」

「われは人間を愚かだと決めつけて、滅ぼすことばかりを考えてきた。じゃが、人間はこの100年で、われの知らないものをたくさん生み出した。じゃから、知らねばならぬと思ったのじゃ——今の地上にはどれだけの人がいて、どんな景色が広がり、どんなメシがあり、どんな技術が花開き、どんな生活が営まれ、そして……どんなメシがあるのかをのぅ」

いつしか、魔族たちもその話に耳を傾けていた。

……地上について知りたい。とくにメシについては重点的に知りたい。
それは、今ここにいる魔族たち全員に、共通する思いであり――。
「いいですよ！　えへへ、こういうの話すの得意でして！」
やがて、ローナはこころよく頷くと。
エルフや水竜族にしたように、これまで旅してきた町について語りだした。
――天変地異で阿鼻叫喚になっていたイフォネの町。
――毒花粉によって滅びかけていたエルフの隠れ里。
――水曜日のスタンピードによって滅びかけていた港町アクアス。
――神話の大怪物によって滅びかけていた海底王国アトラン……。
また、インターネットで調べた〝今の地上〟の話も語ってみた。
――80億に到達した世界人口。
――天をつくように立ち並んだ高層ビル群。
――秒速11㎞で宇宙へと飛んでいく巨大船。
――世界を5回滅ぼせるほどの強力な兵器群。
――人類に反乱を起こそうとしている人工知能たち。
――ポケットサイズであらゆる奇跡を起こせる〝すまほ〟という万能魔道具……。
「……とまあ、今の地上の様子は、こんな感じです！」

「「「――地上すげぇぇぇぇぇっ!?」」」


魔族たちが1000年封印されている間に、地上が進歩しすぎであった。

滅ぼすべきかどうかとか、そんなことを考えられる相手ではなかった。

（……ち、地上やべぇのじゃ。滅ぼそうとしなくてよかったのじゃ）

邪神テーラもがくがくと戦慄する。

こうして誰にもツッコまれぬまま、魔族たちの地上のイメージが固まってしまい……。

「そ、そういえば、おぬし……〝一般人〟と言っておったよな？」

「はい、言いましたが」

「つ、つまり、世界には80億人も、おぬしみたいな人間が……」

「？」

いろいろと前提や計算がおかしかったが、邪神にとっては個体差という考えもほとんどなく。

彼女は想像してしまう。

80億人のローナが、地上を跋扈している世界を――。


『『『『――――こんにちは～っ!!』』』』

「ひぃぃっ！」

悪夢であった。

「……ち、地上は今、どうなっておるのじゃ？」

「？　今、話しましたが」

話を聞けば聞くほど、地上のことがわからなくなっていく邪神であった。

「とゆーか、おぬしの話じゃと……なんか、どの町も滅亡しかけてるんじゃが」

「えへへ！　慣れちゃいますよ、そんなのは！」

「慣れちゃうの⁉」

「あっ、でも！　王都ウェブンヘイムってところは、珍しく滅亡の危機におちいってなくて！　最近、そこで屋台コンテストっていうイベントに参加しました！」

「屋台コンテスト？　屋台を振り回して決闘でもするのかのぅ？」

「私も最初はそう思ったんですが、屋台で料理とかを出して、売上や人気で勝負する感じでして」

「ほぅ、それは楽しそうじゃのぅ！　そうか、今の地上ではそういうバトり方をするのか！」

「あっ、そうだ。ちょうど、屋台コンテストの絵があるんでした」

ローナはスケッチブックを取り出して見せた。

「ふーむ、どれどれ」

邪神テーラがのぞいてみると。

そこに描かれていたのは――。

――〝闇〟だった。

ぶくぶくと黒く泡立つ〝なにか〟を、人々がうつろに笑いながら食べている光景。

ただ見ているだけで、足元から闇にのまれていくような根源的恐怖に襲われる絵だった。

「……わ、われ、こういうホラーなのＮＧなんじゃが。不意討ちでこういうの、マジでやめてほしいんじゃが」

「？　キャビアの屋台の絵ですよ？」

屋台コンテストの準備のときに描いたイメージ図だ。

結局、ローナたちはかき氷の屋台を出すことになったものの。

「この絵みたいに、みんなが笑顔になれるイベントでして！　楽しかったなぁ！」

「ふむ、そうか……」

邪神テーラがローナの顔を微笑ましげに眺める。

「？　私の顔になにかついてますか？」

「いや、そうではない。ただ、おぬしが本当に楽しそうに話すものじゃから……つい、のぅ」

ローナから聞いた地上の話は、どれも荒唐無稽だったが。

それを話しているローナの表情は、本当に楽しそうで――。

「われも、いつか……地上に行ってみたいのぅ」

その言葉は、思ったよりもすんなりと出てきた。

地上を〝滅ぼす〟のではなく――ただ、行ってみたい。

そうして、ローナが話してくれたように、〝観光〟をしてみたい。

とはいえ、もう邪神テーラには、黄金郷の封印を破壊するだけの力は残っていない。地上に出られるだけの力を、ふたたびためられるかもわからない。

だから、それはただの夢の話。

そのはずだったが……。

「それじゃあ、行ってみますか――地上に？」

「……むぇ？」

ローナはなんでもないことのように、そう言うのだった。

◇

というわけで。

黄金郷エーテルニアの出口である門の前までやって来た、ローナたち一行。

「ふわぁ、ここが黄金郷の出口……大きいですね」

長い階段をのぼった先にそびえ立っていたのは、見上げんばかりの巨大な石の扉だった。

封印があろうがなかろうが、その扉を開けるのは難しそう——というか。

「い、いやいやいや……無理じゃろ。これはただの扉ではない。光の女神ラフィエールによる封印の〝蓋〟じゃ。さすがのおぬしでも、この封印の扉を破壊するのは不可能じゃよ」

そう、この光の女神の封印があるからこそ、邪神テーラも魔族たちも1000年間この地底から動けなかったわけで。

邪神テーラがこの封印を破壊するためにためていた力も、〝真の姿〟とともに消滅してしまったとなっては、もはやどうすることもできない。

「……でも、それでよいのじゃ」

と、邪神テーラは穏やかな微笑みとともに、魔族たちと顔を見合わせた。

魔族たちも、こくりと頷き合う。

そう、あきらめることなら——慣れている。

「もう、地上はわれらの時代ではない。地上を滅ぼすつもりはもうないし、この封印を破ったところで地上をいたずらに混乱させるだけじゃろう。ならば……われらはここで静かに生きて、静かに朽ちていこう」

邪神テーラの表情は、穏やかで慈愛に満ちていて。

邪神に堕ちる前の——地の神であった頃のテーラの面影があったりしたが。

そういうのは、ローナにとってどうでもよくて。

「えいっ」

ローナがてくてくと扉に近づいて押してみると、普通に扉が動いた。

「「「…………は？」」」

思わず、ぽかんとするローナ以外の一同。

そんな彼らの前で、ずずずず……と、扉が少しずつ開いていく。

それは、ずっと彼らが望んでいた光景ではあったが。

「……え？　……は？」

すぐには、目の前で起きていることが理解できなかった。

しかし、扉の切れ間から、かすかに漏れてきた光を見て――。

「……っ！」

邪神テーラがはっとしたように扉に飛びついた。

「お……押すのじゃ！　みんなで押すのじゃ！　開くぞ、この扉！」

「「「――っ！」」」

それからはすぐだった。

魔族たちも我先にと扉に飛びつき、その力でぐんぐん扉が開いていく。

扉の隙間から漏れてくる光も、どんどん光量を増していく。

それは、魔族たちが1000年間求め続けた太陽の光。
まるで長かった黄金郷の夜が明けるように、その光はだんだん眩しいまでに膨らんでいき、やがて――。

――光が、弾けた。

「……………ぁ……」
邪神テーラが思わず、声を漏らす。
ついに開け放たれた扉の先――。
そこにあったのは、果てのない青空と太陽だった。
さぁあああぁ……っ、と。
どこからか吹いてきた風が、邪神テーラの髪をさらさらともてあそぶ。
その風に誘われるように、彼女がふらふらと外に出てみると……。
どうやら、そこは山の中だったらしい。
彼女の前に遮るものはなく、はるか地平までをも見通すことができた。
空は青くて、どこまでも果てがなくて。
太陽はどんな黄金よりも眩しくて――美しくて。

美しいものだけを集めた黄金郷よりも、世界は鮮やかに色づいていて。

かつては、飽きるほど見てきた、なんでもない光景のはずなのに――。

「……とっても綺麗なのじゃ」

邪神テーラの口から、そんな言葉がこぼれ出る。

やがて、その言葉が呼び水となったように、魔族たちが顔を見合わせると。


「「「――う……うぉおおおおおっ!!」」」


と、歓声を上げながら抱き合った。

魔族たちの1000年越しの悲願が叶った瞬間だ。地上に出られなくてもいいと言いつつも、やはり地上が恋しくなかった者はいないのだろう。

邪神テーラはそんな魔族たちの様子を前に、眩しそうに目を細めた。

「……ローナ、感謝するぞ。われらを地上に出してくれたことを」

「？　とりあえず、喜んでいただけたのならなによりです」

「でも、いったい……どうやって、黄金郷の封印を破ったのじゃ？」

ふと、気になったので、そのことも尋ねてみる。

扉を開けたときに、ローナがなにかをした素振りはなかったが。

「え？　あー、1週間ぐらい前に、ここの封印を間違って解いちゃってまして」

「…………へ？」

そう、ローナが初めて光の女神ラフィエールと会ったとき。

ローナはうっかり、この黄金郷の封印を解くためのキーワードを口にしてしまったのだ。

『黄金郷の封印を解く〝力ある言葉〟を唱えたということは――ついにできたのですね。邪神テーラと戦い、この世界を救う覚悟が……』

『ど、どうしよう……黄金郷の封印解いちゃったんですが。いやでも、わりとバレないか……？』


まあ、そのことはローナもすっかり忘れていたが……。

黄金郷に入るにあたって、その辺りのことも一応調べておいたのだ。

それから。

「あと、〝帰還の翼〟ってアイテムがあれば、いつでも外に出られましたよ？　黄金郷はダンジョンなので」

というような話を、邪神テーラにしてみたところ。

「…………え…………えぇぇ……」

なんか、すごく微妙そうな顔をされてしまったのだった。

なにはともあれ、地上に出られるようになった邪神＋魔族たちであったが。

「では、さっそくみんなで観光に――」

「……とは、いかんじゃろ。常識的に考えて」

うんうんうんっ、と魔族たちも頷く。

わかっていないのは、ローナだけであった。

「？　なにか問題がありましたっけ？」

「いや……一応、われ邪神ぞ？　このまま王都にでも行ったら、大騒ぎになるのじゃ。1000年前に封印されたときにも、『いずれ復活して地上を滅ぼすのじゃ！』とか言っちゃったしのぅ」

「なるほど……〝有名税〟ってやつですね」

「たぶん、それは違うと思うが……まあ、せめて人間の王には話を通しておきたいところじゃのぅ」

「あっ、それなら、私が先に行って王様に伝えてきますね！　テーラさんはもう大丈夫だって！」

「王に？　そんなこと、おぬしにできるのか？」

「はい……たぶん！」

そう、忘れかけていたが……ローナにはエルフの女王からもらった首飾りがあるのだ。

これがあれば、貴族も王族もローナを無下には扱わないとのこと。

また、インターネットにも、『なぜか王城や謁見の間には誰でもフリーパスで入ることができ、国王とも話し放題になっている』と書いてあったし、いきなり突撃しても大丈夫だろう。たぶん。

「ふむ、いろいろ迷惑もかけたじゃろうし、人間の王になにか詫びの印でも贈ったほうがよいじゃろうか」

「お詫び……あっ！　そういえば、地上ではお詫びの印に貴重な石をプレゼントする〝詫び石〟って文化がありまして」

「石？」

「変わり種では〝詫びサザエ〟というのもあるんですが。とにかく、迷惑をかけたときに石をプレゼントしないのは、とんでもないマナー違反だそうです」

「う、うむむ、地上の人間の考えることはわからんが……ならば、黄金郷にある宝石なんかを適当に持っていってくれ」

「わかりました！」

　というわけで、〝詫び石〟の準備も済ませると。

「ファストトラベル――王都ウェブンヘイム！」

　ローナは、さっそく王都へと転移したのだった。

　一方、それを見送った邪神テーラは――。

「いや……あやつ、普通に強大なマナを垂れ流しておったが……大丈夫かのぅ？」

　と、なんだか、いろいろ不安になるのだった。

第13話　お祭りを楽しんでみた

一方、ローナが王都に転移した頃。

王都ウェブンヘイムの中心にある王城は、にわかに騒然となっていた。

「――陛下、大変です！　王都に強大なマナ反応が現れた模様！」

「なにぃっ!?　またか!?」

謁見の間に飛びこんできた宮廷魔術師の報告に、国王が思わず玉座から身を乗り出す。

「まさか、例のマナ反応と同じものか!?」

「お、おそらくは」

そう、このような報告は、今回だけではないのだ。

全ての始まりは、１か月ほど前にイプルの森で検出された強大なマナ反応だ。

そのマナ反応から推定されるＭＰ量は、10万とされているが……ありえない。

王国が誇る宮廷魔術師ですら、ＭＰは５００ほどしかないのだ。

人間の限界値をはるかに超えているどころか、話に伝え聞く〝魔族〟よりも圧倒的に強い。

そのマナ反応は、それからもたびたび検出され――。

ついに王都の中でも確認されるようになった。

まるで、この王都の中で、なにかよからぬ陰謀をめぐらせようとしているかのように。

「くっ……大預言者様もまだ見つかっておらんというのに！　ともかく、今度こそマナ反応の出所を突き止めるぞ！　マナサーチが使える者をつれて調査に向かえ！」

「いえ、それが……マナ反応は現在、この城へと向かってきている模様です！」

「な、なに!?　まさか、この城を攻め落とすつもりかっ!?」

王位簒奪《さんだつ》――いや、それだけで終わるとも思えない。

「す、すぐに城壁の守りを固めるのだ！　王宮騎士は……王宮騎士は今どこにいる!?」

「王宮騎士たちは現在、対象と接敵中！　いえ、これは……歓迎している!?　王宮騎士たちが、対象を城の中へと手引きしています！」

「なんだと!?　ま、まさか、クーデターか!?」

宮廷魔術師が悲鳴のように叫んだ直後――。

ごごごごごご……っ！　と。

大気を流れるマナが怯えるように震えだす。

その力は、まるで――。

「………邪神」

伝承にあるその言葉が、国王の脳裏をよぎる。
いずれ地上を滅ぼすと予言されている邪神テーラ。
そして、今はちょうどその予言にある邪神復活の年なのだ。
「……ぁ……あぁ……っ」
国王をはじめ、その場にいた人々がどうすることもできずに動けない。
……もう、おしまいだ。
その場の誰もが、そう覚悟を決めたところで。
ついに開け放たれた扉の先から――そのマナを放つ存在が姿を見せた。
少女の形をしたそれは、国王を見るなり笑みを浮かべると。

「――こんにちは～っ！」

と、にこにこ元気よく挨拶をしてきたのだった。

◇

（わぁ……ここが、この国のお城かぁ）

王城の謁見の間にやって来たローナは、きょろきょろと辺りを見回していた。

そこは、いかにも王城という感じの空間だった。

金色の装飾がふんだんに施された調度品やシャンデリア。

王国の紋章が刺繍されたふわふわの紅絨毯……。

そして、玉座に腰かけたローナの前にひざまずく国王と、「うわあああっ！　この国はもうおしまいだぁあっ！」と叫んでいる宮廷魔術師たち。

(うん……どういう状況だろう、これ)

一応、城門前にいた王宮騎士にエルフの女王からもらった首飾りを見せて。

『――っ!?　まさか、あなたが大預言者ローナ様ですか!?』

『すぐに国王陛下のもとへ、おつれしなければ！』

『わっしょいわっしょい！』

と、正式（？）につれて来られているはずだし、インターネットにも『王城にはなぜかフリーパスで入れる』と書いてあったので、問題はないと思うのだが。

謁見の間に入るなり、国王にいきなり王冠やマントをわたされ、「へへへ、どうぞどうぞ！」と玉座《いす》をすすめられて、今にいたるというわけだ。

最近、いろいろな王族と会ってきたが……。

(やっぱり、王族って変わった人が多いんだなぁ)

と、ローナが考えていた一方で。

王宮騎士たちも混乱したように国王に耳打ちしていた。

「へ、陛下？　突然、なにをされて……お気はたしかですか？」

「だ、だって、死にたくないんだもん！」

「死ぬ？　いったい、なにをおっしゃって……」

「そ、そもそも、おぬしらはなんて化け物をこの城に呼びこんでるのだ！　この国を売りおったか!?」

「いいえ、国を売ったのは陛下だと思いますが……というか、大預言者ローナ様ですよ、彼女」

「え？」

「え？」

王宮騎士と国王が、互いに顔を見合わせる。

「……マジで？」

「はい、ローナ様がつけている首飾りをご覧ください」

「……っ！　あれはエルフの女王の！」

それで、ようやく誤解がとけたらしい。

国王は気を取り直すように、うぉっほんと咳払いをした。

「さて、ローナ殿。我が王城名物〝国王体験コーナー〟はお気に召していただけたかな？」

「あっ、体験コーナーだったんですね！　とても楽しかったです！」

「うん、まあ……もうずっと、そのままでもいいんだけどね」

「こほん。陛下」

「……わ、わかっておるよ」

というわけで、国王に王冠とマントと玉座を返してから、いったん仕切り直して。

「よく来てくれたな、ローナ殿。エルフの女王より話は聞かせてもらっておる。ググレカース家の件では本当に助けられた。国を代表して感謝しよう」

と、頭を下げてくる国王。

ググレカース家の件とは、『ローナの実家がエルフのザリチェと組んで、世界征服を企んでいた』という件だろう。

「もともとあの家には怪しいところが多々あったが、やつらはこの国にとって必要じゃったがゆえに強く出られなくてな。まさか、あそこまで腐っておったとは……いざ尋問してみれば余罪が出るわ出るわで、本当にふがいないかぎりだ」

「う、うちの実家がご迷惑をおかけしたみたいで、すみません」

「いや、ローナ殿に責任はあるまい。家から追い出されていたとも聞くしな。本当に愚かなことをしたものだ、ググレカース家は……いや、マジで大預言者のローナ殿が他国に行ってたらどうするつもりだったんだ、あのバカども」

「？」

「ご、ごほん。それで……ローナ殿はどのような用でここに？」

「あっ、そうでした。邪神テーラさんから伝言を頼まれていまして」

「「「……………は？」」」

呆然とする国王や王宮騎士たちに、ローナが説明をすること、しばし。

「つ、つまり……邪神テーラは力を失ったうえに、もう地上を滅ぼすつもりもなくなったから、地上に出ても驚くな。あと、地上観光の邪魔をするな……ということか？」

「はい」

「にわかには信じがたいが……」

とはいえ、エルフの女王も認めた大預言者ローナの言葉なのだ。

それに、こんな意味のわからない嘘をつくメリットもないだろうし……。

と、国王たちが混乱していたところで。

「あっ、そうだ。これ、いろいろ迷惑をかけただろうからと、邪神テーラさんからの〝詫び石〟です！」

ローナがアイテムボックスから、じゃらららら……と宝石の山を取り出した。

宝石の花々、宝玉のような果実、宝石の剣や盾……。

それは、どれも地上では見られない、夢のように見事な宝石で。

「な、なんだこの宝石は……ひとつひとつが国宝級だぞ、こんなの」

「本当に、黄金郷エーテルニアが実在するということか……？」

「我が国の財政が一気に改善するな……」

「あっ、それと、証拠になるかはわかりませんが」

ローナは1枚の写真を取り出した。

「「──こ、これはっ!?」」

ローナが提示した写真。

その写真の中で、予言とともに語り継がれる邪神が──。

にこにこピースしているローナの後ろで、ちっちゃく爆散していた。

「「…………いや……ええ……」」

そんなこんなで、納得してもらうのには時間がかかったが。

「本当に……本当に、邪神テーラはもう戦意がないのだな？」

「はい」

「そ、そうか……本当に」

たび重なる質問と確認のあと。

国王はやがて気が抜けたように、どっかりと玉座にもたれた。

ちなみに、ローナは知らないことだったが……邪神テーラの復活は、オライン王国が建国時から抱えていた歴史的な大問題であった。

『邪神が復活したら、ただちに討伐する』

それがこの国の存在意義であり、この国の王族に代々課せられてきた使命であり。

今年は邪神復活が予言された年ということもあって、国王は一瞬たりとも気が休まらない日々を送っていたのだが……。

そんな邪神の問題が、今――なんか、国王の知らないところで解決してしまった。

ついでに、邪神からの〝詫び石〟のおかげで、国の逼迫《ひっぱく》した財政問題も解決してしまった。

となれば、やるべきことはひとつ。

「ま……ま……」

「ま？」

「――祭りをするぞぉおおおおおおっ!!」

「「「――うぉおおおおおおお……っ!!」」」

国王の叫びとともに、宮廷魔術師や王宮騎士たちが拳を突き上げて歓声を上げるのだった。

◇

それから、王都では祝祭の準備が急ピッチで進められることになった。

もともと、大預言者ローナをもてなす歓迎祭の準備をしていたらしいが、それに『邪神テーラとの終戦記念』『国の借金完済記念』なども合わさり、盛大に〝大預言者祭〟をやることにしたらしい。

……というより、すでにテンションが振り切れた国王や、耳の早い王都商人たちによって、その日のうちに王都が盛大なお祭り状態になってしまったという感じではあったが。

「――本当にありがとう、ローナ殿。正直、大預言者の噂は眉唾ものだと思っていたが……エルフの女王が言っていた通り、君は本物の救世主だった」

（？　なんの話してるんだろう？）

「ぜひ、祝祭を楽しんでいってくれ。君の友人になったという邪神テーラもつれてな」

「はい！」

そんなこんなで、ローナは国王から感謝の言葉をちょうだいしたあと。

邪神テーラと魔族たちを招いて、ぞろぞろと王都観光をした。

「じゃふぅ～っ！　今の地上はこうなっとるんじゃのぅ！　おっほ！　すごいのぅ！　すごいのぅ！　うまいメシがたくさんあるのぅ！」

「えへへ！　あとでカジノってところにも案内してあげますね！」

「……ほぅ、これが今の地上か。ずいぶんと平和だな」

「……我、こっちに移住しよっかな」

(((——な、なんか、やばいやつらがいる!?)))

初めての地上の町に、テンションMAXで「のじゃ！　のじゃ！」とあちこち走り回り、さっそく王都民の注目を集める邪神テーラ。

それから、いろいろ報告もあるので、光の女神ラフィエールのもとにもやって来た。

「こんにちは～っ！　今日はテーラさんをつれて来ました！」

「うむ！　われが来たのじゃああっ！」

『——ぶふぉっ!?』

いきなり入ってきた邪神の姿に、光の女神ラフィエールが盛大に紅茶を吹き出した。

『げほぉっ!?　ごほぉっ!?』

「ひさしぶりじゃのぅ、ラフィ!?　元気しとったか？」

『て、テーラ……っ!?　な、なな……なんで、あなたが!?　邪神堕ちしたんじゃ……というか、ローナ・ハーミット！　なんてものを、この空間につれて来てるのですか⁉』

「えっと、テーラさんが、女神様とお話ししたいと言っていたので」

『え？　テーラが、わたくしに話？』

「いやぁ、これまですまんかったのじゃ。なんかローナと話してたら、地上滅ぼさなくてもよくねってなってのぅ」

『はぁあっ⁉　こっちは、あなたの封印のために、どれだけ……はぁぁっ⁉』

「じゃはははは！　びっくりしたかのぅ？　おっ、鼻から紅茶出とるわ！　じゃははは――」


『――なにわろてんねん』


「……のじゃ？」

『なにわろとんねん』

「…………」

『…………』

「す、すまんかった」

わりと、神の中でも立場が弱そうな邪神テーラであった。

それから、光の女神ラフィエールは、これ見よがしに溜息をつくと。

『まあ、帰ってきてくれたのなら、それでいいですよ。こちらとしても戦わずに済むのなら、それが理想でしたし……もう心配かけさせないでくださいね』

「う、うむ。すまんかったのぅ。まあ、これからは昔と同じじゃ」

『ぐす……本当に、テーラが帰ってきてくれてよかった……』

「な、泣かなくてもいいじゃろ?」

『だって……うれしくて。これで、わたくしにテーラの分の仕事を回されることがないと思うと』

「……のじゃ? 仕事?」

光の女神ラフィエールが、テーブルの上に、どさどさどさっと書類の山を置いた。

『さ、邪神を卒業したなら、さっさと地の女神としての仕事に戻ってくださいね。1000年分たっぷりたまっていますから』

「…………………」

だんだん状況を理解してきたのか。

さぁぁっ、と顔が真っ青になる邪神テーラ。

「や……やじゃあああっ! われは邪神じゃあああっ! 働きたくねぇのじゃああああっ!」

『ふふふ、逃げられると思いましたか?』

「く、来るでない――ぶぇっ!?」

『残念でしたね、そこには謎の見えない壁があるんです』

「どうなっとるんじゃ、この空間!?」

そんな感じで白い空間を駆け回る、女神と邪神。

なんだか、こうしていると、仲のいい姉妹のようにも見える。

とりあえず、仲直りできたということでいいのだろう。

それから、お告げの時間制限とともに、邪神テーラは解放され……。

その後、かき氷の屋台にいたメルチェとコノハにも邪神テーラを紹介した。

「というわけで、邪神のテーラさんです」

「われは偉大なる黙示録の邪神テーラじゃ！　ローナから聞いたぞ、おぬしらが〝かれーらいす〟を作っとるんじゃってな！　もっと、われに貢ぐがよいのじゃ！」

「「…………………」」

「どうかしましたか？」

「い、いやぁ……まさか、黄金郷に本当に行くとも思わなかったけど……日帰りで邪神までテイクアウトしてくるとはなぁ。スパイやめといてよかった」

「……ふふっ。ローナはやっぱり面白いわ」

「？　なんで、みんな私を見るんですか？」

そんなこんなで、かき氷屋を手伝ったり、知り合いに挨拶をしたりもしつつ、ローナたちは祭りを回っていった。

邪神テーラは誰よりも祭りを満喫しており、いつの間にか、星形のサングラスや風船やお面を装備していた。

「じゃふふ、今の地上は面白いのぅ……きっと、1000年かけても見て回れないのじゃ」

「そうですね！」

「うむ！　これからの時代は、〝観光〟なのじゃ！」

邪神テーラの瞳に、お祭り騒ぎの王都がキラキラと映りこむ。

しかし、ここにいるどれだけの人が知っているだろうか。

この景色を、たったひとりの少女が作り上げたということを。

そこでは、魔族も人も関係なく、みんなが笑顔になっていて――。

「…………そうか」

と、邪神テーラは少し目を見開いてから、ひとつ頷いた。

これまで、ずっと彼女は満たされなかった。

どんなに美しい黄金や宝石があっても、けっして手に入らなかったもの。

彼女がずっと見たかった景色は――これだったのだ。

「……ローナ」

「はい？」

やがて、邪神テーラはくるりとふり返ると。

「――この景色を見せてくれて、ありがとうなのじゃ！」

そう言って、にかっと満面の笑みを浮かべるのだった。

書き下ろし番外編　ハロウィンの仮装をしてみた

■エタリア最新情報
・9/7　ハロウィンイベント開催！
・高難易度ボス【ジャックポット・ランタン降臨】攻略
・期間限定クエスト【パニック・オア・トリート！　町のお菓子を取り戻せ！】攻略
・【ハロウィン限定プレゼントBOX（有償石）】販売中！

ローナが王都に滞在していた、とある日。

宿で何気なく『攻略サイト』を開いたローナが見たのは、そんな謎の言葉だった。

インターネットには、こんな感じのよくわからない言葉がたくさんあるものの。

（〝イベント〟かぁ……なんか、嫌な予感がするなぁ）

実際、ローナはこれまでも、〝クリスマス〟や〝エイプリルフール〟といった〝イベント〟を経験してきたが。

（こういうときって、だいたいおかしなことが起こるんだよなぁ……）

そんなことを考えながら、ローナがおそるおそる宿の扉を開けると――。

「……うわっ」

ローナの目の前に広がったのは、オレンジと紫に染め上げられた王都だった。

誰かが一晩で用意したのだろうか。昨日まではなかったはずのカボチャやお菓子の飾りが町を彩り、空にはふよふよとコウモリや幽霊らしきものが飛んでいる。

そして、そんな町の中を行き交うのは、魔物のような仮装をした人々だった。

「いらっしゃいませ～♪　今日から、お得な『ハロウィン限定プレゼントＢＯＸ（有償石）』が販売開始で～す！」

「わーいわーい！」「急げ急げ～！」「お得な『ハロウィン限定プレゼントＢＯＸ（有償石）』が売り切れちゃうぞ～！」

「トリック・オア・トリート！　……おや、今年もお得な『ハロウィン限定プレゼントＢＯＸ（有償石）』が販売しているのだが、君はまだ買っていないのかい？」

「……………」

町中どこを見ても、〝ハロウィン〟一色だった。

ローナはぽつんと立ち尽くしながら、しばらく目をぱちくりさせる。

（……あ、あれ？　昨日までこんな感じだったっけ？）

昨日まで青々とした葉をつけていた木々は、なぜかおどろおどろしい枯れ木になっているし。

そもそも、〝ハロウィン〟なんて言葉は、昨日まで誰も使っていなかったのに……まるで集団催眠でも受けているかのように、誰もが平然と〝トリック・オア・トリート〟なる謎の挨拶を交わしている。

正気とは思えない光景だった。

（……い、いったいなにが？　〝ハロウィン〟って、いったいなんなの？）

と、ローナがちょっと怖くなっていたところで。

「……くすくす。トリック・オア・トリート」

その声にふり返ると、そこには猫の着ぐるみが立っていた。

いや、正確には、猫の着ぐるみをかぶったメルチェが立っていた。

その隣には、インターネットでよく見かける〝ニンジャ〟というモンスターの格好をしたコノハがいる。

「え、えっと……どうしたんですか、2人とも？　〝こすぷれ〟ですか？」

「いや、そんな冷静に、じろじろと見ないでほしいんだけど」

今になって自分の格好を自覚したのか、2人が少しもじもじする。

「……今日はハロウィンだから、仮装をしてるの」

「あたしのデータによると、王都のハロウィンは仮装こそが正装みたいだからね。ちなみに、〝トリック・オア・トリート〟という呪文を唱えると、お菓子をもらえるというデータもあるよ」

「あっ、知ってます！　そういうのを〝かつあげ〟って言うんですよね！」

「違うからね？　ハロウィンの風習だからね？」

「ハロウィンの風習」

またしても、〝ハロウィン〟だ。

「……ほら、『夏は水着、秋はハロウィン、冬はクリスマス』っていう商売の格言があるでしょう？」

「まったく知りませんが」

とはいえ、さすがに気になってきたので、インターネットで調べてみることにした。

(えっと、〝ハロウィン〟っていうのは……毎年10月31日におこなわれる2000年以上の歴史がある お祭りで、子供たちがお化けに仮装して近くの家からお菓子をもらい、若者たちが〝シブヤ〟で車を引っくり返す風習があります……かぁ。なるほどね)

とりあえず、ハロウィンがなんなのかはわかったが。

「いや……まだ早くないですか？　今って9月ですよね？　まだ夏祭りとかの時期だと思うんですが」

「……夏祭りなら6月の星夜祭《タナバタ》イベントでもうやったわ。7〜8月は水着イベントでひたすら稼いだから、ここからはハロウィンのターンよ」

「ま、あたしのデータによると、ハロウィンはクリスマスに次いで1年で2番目に稼げるビッグイベントだからね」

そういえば、屋台コンテストのときに〝浴衣〟が大量に叩き売りされていたが……それは、すでに〝浴衣〟のシーズンが終わっていたためなのだろう。

「……ちなみに、ハロウィンが終わったら、すぐにクリスマスイベントが始まるわ」

「なるほど」

みんな商魂たくましいなぁ、と感心するローナであった。

「それで、ローナはなにか仮装しないの？」

「仮装ですか……うーん、まったく準備してなかったです。〝ふかきモン〟の着ぐるみならあるんですが」

とりあえず、アイテムボックスから、かつてローナが創造した〝ゆるキャラ〟の着ぐるみを取り出してみると。

「……ひっ……い、いや……っ！　やめて、近づけないで……っ！」

「な、なにその、お菓子あげないと腸《はらわた》を持ってかれそうなクリーチャーは」

なぜか不評だったので、メルチェから猫の着ぐるみを借りることにした。

これで、ハロウィンに参加する準備は整った。

「えへへ！　それじゃあ、みんなで馬車をいっぱり引っくり返しましょうね！」

「……なんで馬車を？」

そんなこんなで、お菓子の屋台などをめぐりながら、３人で町を歩いていると。

「あっ、あれは……」

ふと、ローナは人だかりを発見した。

その中心にいたのは――。

「わっ、すごいクオリティーの仮装ですね！」

「角なんて本物みたい！」

「？　じゃふん！　そうじゃろう、そうじゃろう！　われは美しいじゃろう！」

いつも通りの格好をした邪神テーラだった。

おそらく、働かせようとしてくる光の女神ラフィエールから逃げている最中だったのだろう。

ハロウィンのことはよく知らない様子だが、見た目を褒められてテンションが上がったらしく。

「むぉおおおっ！　〝とりっく・おあ・とりーと〟じゃああっ！　お菓子をよこさないと、馬車を引っくり返してやるのじゃああ！」

「う、うわっ！　なんだ、この迷惑な人は!?　誰か、衛兵を！」

「……とまあ、ハロウィンにはああいう輩も出るから、ローナも注意して」

「はい」

とりあえず、他人のふりをして通り過ぎることにした。

とはいえ。

『わっ、すごいクオリティーの仮装ですね！』

『角なんて本物みたい！』

その言葉が、ローナの頭にしばらく残り――。

「あっ、そうだ！」

ふと、ローナの中に閃《ひらめ》くものがあった。

「コノハちゃん、このハロウィンの仮装って、まだしばらくやるんですか？」

「うん。あたしのデータによると、2か月ぐらいやるはずだよ。もちろん、今日みたいにみんな仮装する日っていうのは、そこまでないだろうけど」

「2か月も仮装を」

やたらと長いが、この場合かえって都合がいい。

そうとわかれば、善は急げだ。

「召喚――ルルちゃん×2！　それと、エルフさんたちも来てください！　あとは、テーラさんも回収して……と」

　こうして、ローナのもとに集まったのは。

　魔族、エルフ、水竜族――おとぎ話の種族たちだった。

　最近は人里にも姿を見せるようになった彼らだが……まだ普通の人には種族バレしないように、フードをかぶったり魔法で耳を隠したりして、こそこそと活動しているらしい。

　ただ、ハロウィンの間は、魔族やエルフや水竜族の仮装をしている人もいるし、彼らの〝いつも通り〟でも目立たないだろう。

　そのような話を聞かせてみると。

「……なるほど、ハロウィンでは耳を隠さなくてもよいのですか。姫様が知ったら、さぞお喜びになるでしょう」

「さっそく、下僕たちを呼びにいくのじゃ！」

「るっ！　水竜族のみんな、地上に興味津々！」「ルルもパパたちを呼んでくる！」

　と、さっそく彼らは同胞のもとへと向かった。

「い、いや、なんかすごいことになったなぁ……」

「……くすくす。今年はにぎやかなハロウィンになりそうね」

「はい！」

　その後、毎年ハロウィンの時期になると、『仮装行列の中には〝本物〟がまざっていて、人と一緒にお祭りを楽しんでいる』という噂が流れるようになるのだが……それは、また別のお話。

あとがき

どうも、坂木持丸《さかきもちまる》です！

このたびは、本作を手に取っていただき、ありがとうございました！

ふたたび皆様とお会いできて、とても嬉しいです！


それにしても、ついに3巻ですね。

私にとっては、約4年ぶりの3巻到達となりました。

たくさん応援していただき、本当にありがたい。

ちなみに、私にとっては記念すべき10冊目の書籍だったりもします。

新刊を出すたび、「今回で作家人生終わらないかな……」とびくびくしているうちに、気づけばデビューしてから4年半。

時間が経つのは早いなぁ、と感じる今日この頃です。

今回の屋台コンテストのネタなんかも、最初に考えたのは2年半前ですしね……。

というか、コロナ始まってから、もうすぐ4年って……なんか、家にこもることが多くなったせいか、ここ数年はさらに時間感覚がおかしくなっている気も。

そういえば、少し前に「あいつ今なにしてる?」とばかりに、昔の作家志望仲間たちの近況をひさしぶりにチェックしてみたんですが……もう、みんな筆折ってましたね。

これまた時間の流れを感じるというか、なんというか。

みんな、私なんかより、よっぽど才能も実績もあったのにと思うんですけどね……結局のところ「書き続ける」ってことが一番難しいことなのかもなぁ、なんてことをしみじみと考えてしまいました。

まあ、わたる世間は自分の上位互換ばかりって感じで、なかなか自信を持つのも難しい世の中ではありますが……これからも元気に下を向いて書き続けていけたらなぁ、と思います。

なんかこれ書いたタイミングで、うちの猫が足元にゲロ吐きましたが。


それでは、最後に謝辞を。

SQEXノベル編集部を始めとする、全ての関係者の皆様。

今回もとても丁寧に本作りをしていただき、ありがとうございました。

それと、お中元とかに加えてスクエニゲームなんかも贈っていただき正直ビビっていますが……いただいたゲームについては、とくに『オクトパストラベラーII』はいろんな面で私の琴線にぶっ刺さりまして、1週間で60時間以上プレイしたあと、そのままの勢いで前作を購入したぐらいハマりました。実際にSteam評価とかもえぐいほど高いゲームなので、皆様もぜひプレイしてみていただければなと……いや、スクエニから裏でお金を受け取っているとかではなく。

次に、イラストを担当してくださったriritto先生。

今回のイラストも、めちゃくちゃ良かったです！

あいかわらず描けるものの幅がすごいし、細部まで作りこんでいただけるしで、毎度のことながら、本当にすごい絵師さんに担当していただいたなと……。

それと公開されてはいませんが、いつもいただいているキャラデザの全身絵もめちゃくちゃ好きなんですよね。キャラがそれぞれ違うポーズを取っていたり、今回も「ぬいぐるみの後ろのチャック部分がハート形になっている」など、ほとんど目に入らない細部までデザインの工夫がしてあったりして。なにはともあれ、本当にありがたい。

そして最後に、読者の皆様には特別な感謝を。

「月マガ基地」「ニコニコ静画（水曜日のシリウス）」などにて戸賀環先生によるコミカライズ連載もついにスタートし、漫画1巻もこの本の翌日に発売となりました。

原作者の立場から見ても、「なんかSNSでネタになりそうなコマだらけだな（褒め言葉）」って感じの楽しい漫画となっていますので、もっとたくさんの人に漫画を読んでいただいて、もっともっとローナがネットのおもちゃになればなと思います！

坂木持丸

ありがとうございました！

小説3巻
おめでとうございます!!!
祝
マンガ版1巻も
ほぼ同時発売!

GC UP!
毎月7日発売
悪役令嬢は溺愛ルートに入りました!?
原作:十夜・宵マチ 作画:さくまれん
構成:汐乃シオリ
失格紋の最強賢者
～世界最強の賢者が更に強くなるために転生しました～
原作:進行諸島(GAノベル/SBクリエイティブ刊) 漫画:肝匠&馮昊(Friendly Land)
キャラクター原案:風花風花
神達に拾われた男
原作:Roy 漫画:蘭々
キャラクター原案:りりんら
転生賢者の異世界ライフ
～第二の職業を得て、世界最強になりました～
原作:進行諸島(GAノベル/SBクリエイティブ刊) 漫画:彭傑(Friendly Land)
キャラクター原案:風花風花
お隣の天使様にいつの間にか駄目人間にされていた件
原作:佐伯さん(GA文庫/SBクリエイティブ刊) 原作イラスト:はねこと
作画:芝田わん 構成:優木すず
ここは俺に任せて先に行けと言ってから10年がたったら伝説になっていた。
原作:えぞぎんぎつね(GAノベル/SBクリエイティブ刊) 漫画:阿倍野ちゃこ
ネーム構成:天王寺きつね キャラクター原案:DeeCHA
勇者パーティーを追放されたビーストテイマー、最強種の猫耳少女と出会う
原作:深山鈴 漫画:茂村モト
マンガUP! 毎日更新
●「攻略本」を駆使する最強の魔法使い ～<命令させろ>とは言わせない俺流魔王討伐最善ルート～ ●おっさん冒険者ケインの善行 ●魔王学院の不適合者 ～史上最強の魔王の始祖、転生して子孫たちの学校へ通う～
●二度転生した少年はSランク冒険者として平穏に過ごす ～前世が賢者で英雄だったボクは来世では地味に生きる～ ●異世界賢者の転生無双 ～ゲームの知識で異世界最強～
●冒険者ライセンスを剥奪されたおっさんだけど、愛娘ができたのでのんびり人生を謳歌する ●落第賢者の学院無双 ～二度目の転生、Sランクチート魔術師冒険録～ 他
©Roy ©Saekisan/SB Creative Corp. ©Shinkoshoto/SB Creative Corp.
©Suzu Miyama ©Ezogingitune/SB Creative Corp.

GC ONLINE
毎月12日発売
月刊少女野崎くん
椿いづみ
合コンに行ったら女がいなかった話
蒼川なな
スライム倒して300年、知らないうちにレベルMAXになってました
原作：森田季節　漫画：シバユウスケ
(GAノベル/SBクリエイティブ刊)
キャラクター原案：紅緒
わたしの幸せな結婚
原作：顎木あくみ　漫画：高坂りと
(富士見L文庫/KADOKAWA刊)
キャラクター原案：月岡月穂
たとえばラストダンジョン前の村の少年が序盤の街で暮らすような物語
原作：サトウとシオ　作画：臥待始
(GA文庫/SBクリエイティブ刊)
キャラクター原案：和狸ナオ
アサシン&シンデレラ
夏野ゆぞ
私がモテないのはどう考えてもお前らが悪い！
谷川ニコ
同居人の佐野くんはただの有能な担当編集です
ウダノゾミ
SQUARE ENIX WEB MAGAZINE
ガンガンONLINE
オンライン
毎日更新
●血を這う亡国の王女　●経験済みなキミと、経験ゼロなオレが、お付き合いする話。
●落ちこぼれ国を出る ～実は世界で4人目の付与術師だった件について～　●王様のプロポーズ
●家から逃げ出したい私が、うっかり憧れの大魔法使い様を買ってしまったら　他

BG
COMICS
ビッグガンガン
毎月25日発売
薬屋のひとりごと
原作：日向夏　作画：ねこクラゲ
(ヒーロー文庫／イマジカインフォス)
構成：七緒一綺
キャラクター原案：しのとうこ
シノハユ
原作：小林 立
作画：五十嵐あぐり
怜-Toki-
原案：小林 立
漫画：めきめき
ハイスコアガール
DASH
押切蓮介
咲-Saki-阿知賀編
episode of side-A
原作：小林 立
作画：五十嵐あぐり
ゴブリンスレイヤー
原作：蝸牛くも　作画：黒瀬浩介
(GA文庫／SBクリエイティブ刊)
キャラクター原案：神奈月昇
スーパーの裏で
ヤニ吸うふたり
地主
BADON
オノ・ナツメ
月刊ビッグガンガン
BG
Monthly BIG GANGAN
毎月25日
発売
●SHIORI EXPERIENCE ジミなわたしとヘンなおじさん　●結婚指輪物語
●千剣の魔術師と呼ばれた剣士　●父は英雄、母は精霊、娘の私は転生者。
●男装のパルトナー　●獄卒クラーケン　●モスクワ2160　●お伽の匣のレト　他

SQEXノベル

世界最強の魔女、始めました
～私だけ『攻略サイト』を見れる世界で自由に生きます～ 3

著者
坂木持丸

イラストレーター
riritto

2023年9月7日　初版発行

発行人
松浦克義

発行所
株式会社スクウェア・エニックス
〒160-8430
東京都新宿区新宿6-27-30　新宿イーストサイドスクエア
（お問い合わせ）スクウェア・エニックス　サポートセンター
https://sqex.to/PUB

印刷所
図書印刷株式会社

担当編集
増田翼

装幀
冨永尚弘（木村デザイン・ラボ）

ISBN978-4-7575-8780-9 C0093

Printed in Japan